Carolin Krahl

Wühlen

Trottoir Noir

Inhalt

Figuren und Materialien des Buches

Handschriftliche, persönliche Aufzeichnungen von Kristina Rupp in einem geklammerten klein-Oktav-Heft, außen altrosa mit nachträglich manuell hinzugefügten Linien in schwarzer Tinte und Abdrücken dunkelbrauner Ölfarbe auf U1; seine Schnittkanten sind stark bestoßen, der Innenteil ist kariert.

Handschriftliche Aufzeichnungen von Franziska Rupp, meist in Briefform an „Frau Dr. Nurifa" gerichtet, in einem leicht ramponierten Spiralblock Quart/A4, außen diagonal grün-weiß gestreift, innen unliniert.

Recherchebuch von Analena Wiśniewski und Kristina Rupp, zusammengetragen in einem Hefter, 18 × 22,5 cm, aus dunkelrotem Lederimitat mit dem zweizeiligen Aufdruck „ORWO" unten rechts auf U1; mit Schnellhefter sind innen knapp 30 meist per Hand beschriebene Blätter aneinandergefügt.

Postkarten, lose Zettel und amtliche Briefe, zuzuordnen den Schwestern Rupp. Sowie Messengernachrichten und einzelne Dokumente auf digitalem Datenträger aus dem Besitz von Kristina Rupp.

Gesammelt, montiert, kommentiert und ergänzt von Analena Wiśniewski.

Freies Radio von irgendwoher.

I. Ratio-3-Raum

Anhalten. Die Luft, die Zeit und die Figur im See inmitten ihrer Bewegung, stopp.
Sie ist weit weg von den anderen Menschen im Wasser, um sie ein Strahlenbüschel glitzernder Tropfen. Eine ihrer Hände flach auf der Oberfläche, von dort steigen die Tropfen nach oben. Der andere Arm ist hoch erhoben, noch, bevor auch er nach unten schnellen wird, gleich, da ich ihn nicht länger halten kann. Nur noch einen Moment, um schwarznasses, kurzes Haar an Stirn und Augenbrauen kleben zu sehen und einen weit geöffneten Mund. Dann stößt sie einen Schrei aus, die angestaute Luft prescht hinaus, der Arm schnellt nach unten. Schlag auf Schlag wirbelt die Figur durch das Wasser, jagt den Stoff, in dem sie steht, balgt mit ihm, patscht um sich, nach vorn, die Arme schaufeln einer nach dem anderen, dann zugleich, und sie jauchzt.
Vom Betonrand des Sees richten sich die Augen auf sie, „ein fröhlicher Teufel“, sagen sie, lachen und schütteln amüsiert tolerante Köpfe. „Was macht sie da?“ „Sie tobt.“ „Wie heißt sie noch, deine Schwester?“ „Franz“, sage ich.
„Franz!“ rufen sie, als sie zum Beton schwimmt, die Eisenleiter hinaufsteigt und das Grau des Bodens dunkler färbt, sagt: „So gut habe ich mich lange nicht gefühlt.“ Meine Freundinnen kennen sie nicht, doch wissen nun etwas von ihr. Der sonnige Nachmittag rollt weiter, langsamer, dem Abend zu, und sie sitzt noch eine Weile im Tropfwasser, trocknet sich nicht und macht Zigarettenpapiere mit den feuchten Händen durchsichtig. Ich setze mich zu ihr, kühle meinen Arm an ihrem, ziehe an ihrer Zigarette, die sie mir an die Lippen setzt. Das war

das Ende meiner Krise, sagt sie voll Überzeugung, und so höre ich es, wir glauben und wissen es besser. In diesem Moment, der weit mehr ist als der Punkt einer Kurve, sitzen wir heiß-kalt, bis die anderen rufen, dass wir fahren.

Durch eine Allee von Bogenhanf und Monsteras vor einem Horizont in Terrakotta-Wischtechnik kommt sie mir auf Socken entgegen gerutscht. Ein Arm in der Schlinge, der andere zieht mich heran, sie drückt mir einen lauten Kuss auf die Wange; in einem angrenzenden Raum voller Sofas und Bücherregale blickt ein älterer Herr von seiner Zeitung auf. „Willkommen, Schwesterlein!", ruft Franz und schleift mich durch den Gang in einen kleinen Saal mit Wintergarten, in dem es Kaffee gibt und Kuchen. Sie bleibt in der Mitte des Raumes stehen, die linke Hand in die Hüfte gestemmt, als überblicke sie ihre Ländereien. Eine junge Frau in der hinteren Ecke sieht über die Schulter ihres Gesprächspartners zu ihr, runzelt die Brauen. Ich flüchte zum Kaffeeautomaten. „Sieh dir die Bilder an!" Franz' ungewohnt hohe Stimme macht mich kleckern. „Die sind von unserem Malzirkel. Welche, glaubst du, sind meine?" Ich setze mich, sage ihr, dass ich erst ankommen muss, dass ich mir die Zeichnungen in Ruhe ansehen will, und fühle mich als schlechte Mitspielerin, aber zugleich so, als wäre ich zu einer Abfuhr provoziert worden, als käme ich, klotzig und unsensibel, *von draußen*. Das kann nur sie.
Sie hatte mich angerufen, an einem windigen Tag; ich stand vor der Bibliothek und presste das Telefon mit dem kaputten Lautsprecher an ein Ohr, verstopfte das andere

so gut wie möglich mit dem Zeigefinger, kniff Augen zusammen unter geraffter Stirn. Gegen diese Widerstände hörte ich Franz anbrüllen: „Ich geh nächste Woche in die Klapse!“ Und sah sie an einer Berliner S-Bahn-Station stehen, Klapse über die Plattform rufen, sah, wie niemand sich beeindruckt zeigte, nur Franz selbst darüber lachte. Ich schaffte es noch, zu fragen, wann ich sie besuchen könne und zu hören: „Erst mal nicht.“ Und dann Fetzen wie: Das wird schon – oder war's: Das wird schön. Alles gut oder Alles Gute. Ich versuchte es am Abend noch einmal, in der Stille meiner Wohnung, doch sie hob nicht ab.

„Die da?“ Kohle, schwarz auf weiß, starke, energisch geführte Striche laufen kreuz und quer durch die Bilder, verdichten sich zu einem Ast, an dem sich ein Körper hochzieht, von dem nur eine Hand, ein Arm, die Achselhöhle erkennbar sind. In einem anderen zeichnet sich der Unterleib einer Gestalt ab, die gegen den Wind läuft, feste Waden unter einem wehenden Mantel, eine kräftige Hand umfasst die Tragetasche, der Wind legt sie schief und weht den Einkauf heraus. Franz setzt sich endlich zu mir an den Tisch, nicht mitten im Speisesaal, sondern an seinem Rand. „Falsch“, sagt sie und will, dass ich weiterrate. Dann gibt sie meinem Schnaufen nach und zeigt auf vier großformatige Farbschlachten in Acryl. Dicke und kraftvolle Pinselstriche, die Farbe, teils vermutlich direkt aus der Tube, bildet Nasen, Verwerfungen. Eigentlich will das raus, auf die Wand, bleibt aber fein säuberlich im gesteckten Rahmen – ich entscheide mich dagegen, es zu kommentieren. Franz schaut zu mir, zum Acryl und dann zu den Kohlebildern. Daneben ist das Aquarell einer Orchidee zu hängen gekommen. „Du hattest es bestimmt schöner, wo du warst“, sagt sie, ohne den Kopf zurückzudrehen. „Aber hier ist es ehrlich. In der Art, wie es scheiße ist, ist es ehrlich. Ich will mir das nicht schönreden, komme lieber mit der Realität klar.“ Dann sieht sie mich an, bereit für die Pointe. „Und weißt du: Was du kannst, das ka–“ Da halte ich ihr den Mund zu, der mir vorhin diesen falschen Kuss auf die Wange gedrückt hat, der Cappuccino-Löffel steckt noch zwischen meinen Fingern vor ihrem Mund und verdeckt ihr rechtes Auge. „Siehst du, bekloppt“, sagt sie, als ich die Hand löse, und dann lange nichts mehr. Wir klimpern in unseren Tassen und starren in ihre braune Mitte.

Schöner, wo du warst.

Es ist fast zwei Jahre her, dass ich auf einen Platz in einer Psychiatrie wartete – eine stinknormale übrigens, mag sich Franz *meine Klinik* besonders exquisit vorstellen, wenn sie möchte. Als mache die reine Geisteskraft eine Privatpatientin. Was hieße in diesem Fall überhaupt „exquisit“: anthroposophisch vielleicht oder eine Art Spa?

Ach, was schweigen wir schön! Franz hatte sich, nachdem ich ihr am Telefon davon erzählt hatte, beinahe ein Jahr nicht gemeldet. So bekam sie auch nicht mehr mit, dass es nie zu meiner Einweisung kam. Durch personelle Wechsel wurde sie immer wieder verschoben, die Wartezeit streckte sich von anfangs einem Monat stückweise auf schlussendlich sieben, bis ich mir das Warten nicht mehr leisten konnte. Ich hatte während der ganzen Zeit Aufträge und *Projekte* abgesagt oder nur in reduzierter Form angenommen, weil ich ständig den

Eintritt in die Klinik einkalkulieren musste. Schließlich ging das finanziell nicht mehr. Melancholie und Kunst gehen in den gegenwärtigen Verhältnissen nur noch gut zusammen, wenn Ersparnisse hinzutreten. Womöglich war das aber immer schon so.
Ich sagte auch nichts, wenn Franz später von meinem angeblichen Klinikaufenthalt wie von einem Urlaub sprach. „Du hattest doch diese Auszeit", sagte sie lächelnd, aber streng, und ich hörte die Aufforderung, jetzt endlich mal klarzukommen. Also erzählte ich ihr gar nichts mehr von mir, gab fein dosierte belanglose Antworten auf beinah alles, da hatte sie es. So waren unsere Treffen in den letzten zwei Jahren gewesen. Nach jedem davon war ich mir selbst fremd und widerlich. Ich ging diesem Gefühl aus dem Weg, bis Franz anrief, die plötzlich selbst eine psychiatrische „Auszeit" nahm, ein Wort, das ich ihr nicht unter die Nase rieb.
„Hast du in dem Buch gelesen?", frage ich. Irritiert schaut sie von ihrer Tasse hoch, und ich erkläre: „Dem mit den Musikerinnen-Biographien?" Nach irgendeiner Verbindung hatte ich gesucht und wieder einmal übergangen, dass Franz nicht liest, oder gedacht: wenigstens in dieser Ausnahmesituation? Sie rückt mich zurecht: „Sagt mir gar nichts. Wie kommst du darauf?"
Artur, Franz' *Gefährte*, wie sie sagt, sollte es ihr bringen. Ich hatte es ihm geschickt, ihn am Telefon gebeten, es Franz bei seinem nächsten Besuch zu geben. „Ist gut", hatte er gesagt, „übermorgen."
„Artur kommt nicht mehr." Franz macht die Augen klein und fügt hinzu: „Gar nicht mehr. Er war in der zweiten Woche hier, beim Gehen sagte er, er könne das nicht

tragen, zu viel sei das, zu viel, viel, zu franz, er würde nicht mehr kommen." Franz' zweite Woche hier lag vor meinem Telefonat mit Artur. Jetzt ist Woche fünf. Artur war Franz verfallen gewesen, soweit ich das sehen konnte. Vernarrt waren beide ineinander, zusammengehalten von einer unwahrscheinlichen, kantigen Harmonie. Symbiotisch. Trotzdem war ich nicht skeptisch gewesen. Was Franz mir jetzt in Fetzen erzählt, kann ich schwer begreifen; so sitze ich vor ihr im Speisesaal und wiederhole ihre Teilsätze. Franz hält sich die Schulter, der Kopf hängt; würde sie weinen, hätte ich eine Orientierung. Ich neige mich zu ihr hin, meine Hand will nach, da erhebt sie sich: „Ist okay, ich zeig dir jetzt mal den Laden hier." Und dann ziehe ich wieder mit, lasse mir die Räume zeigen, Therapiepläne, den Garten. Kein Eckchen lässt Franz aus. Mein Nacken wird steif, Hände und Zehen krampfen, knacken, alles geht zu schnell und dauert zu lange. Sie zeigt mir alles. Und mehr nicht. Irgendwann stehe ich wieder *draußen*, wie ausgespuckt, und mir ist übel.

ästhetisierung meiner mutter

am zimmer hängt ihr bild halb so alt wie ich jetzt bin
und wo sie geboren ist und ohne blocks
lang vor der überall gestrichelten wende
erlaubt mir einen weichkörnigen orwo-film
über sie zu ziehen
nachher hatten sie chancen auch gestrichelt
kredit haus abendstudium verpatzt wegen der kleinen
was ihr verwehrt
kaufte sie zurück mit zeit unter autobahn am dienstwagen
hinter fortbildungen
biss sich durch ich fragte was und wir standen
auf eigenen beinen
meine schwester und ich hatten kahle tage
und schauten uns nicht an.

„Wir wohnen in verschiedenen Städten." Es war das Erste, was mir zu Kris eingefallen war, als im Stuhlkreis wer fragte nach ihr. Und sofort wurde der Blick der Therapeutinnen vielsagend. Sie schienen scharf darauf, ein Riesengewicht auf die zufällige Tatsache zu legen, dass es das war, was ich spontan über meine Schwester zu sagen hatte. Ich verschränkte die Arme und hielt für den Rest der Sitzung die Klappe.
Hausaufgaben habe ich seitdem. Nur darf ich sie nicht zu Hause erledigen. „Wenn Sie sich in der Gruppe nicht ausdrücken können, dann schreiben Sie." Dr. Nurifa behauptet, lesen würde es niemand, es sei denn, ich wolle es so. Was ich inzwischen aber gut genug weiß, ist, dass sie hartnäckig danach fragen wird, ob und worüber ich geschrieben habe, wieder und wieder. Man wird hier zu einer kümmerlichen Gestalt gemacht.
Ja, wir wohnen in verschiedenen Städten, nicht wahnsinnig weit auseinander, um ehrlich zu sein. Jedenfalls reicht es, um uns nicht zu *treffen*, sondern zu besuchen, alle paar Jahre. Nur einmal waren Ana und ich zufällig in ihrer Stadt, und da dachte ich, ach, warum denn nicht, mal die kleine Schwester wiedersehen. Ana schien diese banale Idee zu erstaunen. Ein bisschen zu lange und zu ernst schaute sie mir direkt in die Augen. Doch auf Ana ist Verlass. Es war ein warmer Abend und alles einfach. Also rief ich Kris an und war überrascht zu hören, dass sie in einer Bar war, bei einem Konzert.
Es ist so verdammt lächerlich! Fast hätte ich den Block zerrissen. Wie ein Kind fühle ich mich, ständig ermahnt zu irgendwas, ans Händchen genommen, und das soll helfen, ja? Die meiste Zeit suche ich nach Wegen, da

drüber zu stehen. Fürs Erste habe ich den dämlichen Block vom Boden aufgehoben und schreibe weiter, für mich, oder wie auch immer.
Kris war also in einer Bar. Ana und ich gingen hin. Im verrauchten Halbdunkel sah ich Kris zwischen anderen hervorblitzen. Wenn sie tanzt, hat sie die Augen geschlossen, sie wiegt sich nicht wirklich, eher schiebt etwas in ihr, die Bewegungen sind bestimmt. Und schön anzusehen. Sie ahnen das Schlagzeugspiel voraus. Ich sehe das an ihr nicht oft, kenne es trotzdem genau. Immer wieder ist es mir unangenehm wie etwas, das zu weit geht. Dass auch sie Rhythmusgefühl hat und loslassen kann. Aber damals in der Bar sah ich Kris, zart und kantig. Vermutlich allein da. Frei. Und traurig. Und schön. Kris.
Unberührbar, das Wort dachte ich vor allem. Ein Typ dachte es nicht und tanzte sich zu ihr hin, bis auf wenige Zentimeter, da öffnete sie die Augen, langsam mit den letzten Akkorden. „Hey Liebes", sagte ich laut, als ich den Arm um ihren Hals legte, sie zu mir zog, dabei den Kerl herausfordernd musterte. Der drehte sich weg, Kris drehte sich auch, aus meiner Klammer, und die Musik war aus.
Dann fluchte sie. „Dass du die Mackerin mimst, ist nicht emanzipiert, sondern schlechte Anpassung." So was in der Art, wahnsinnig bescheuert jedenfalls und wieder alles schief. Ich schluckte an meiner Wut, denn immer kommt alles auf die Waage, und nichts ist einfach mal leicht. Wenn ich kurz glaube, sie zu erkennen, zu fühlen meinetwegen, schiebt sich sofort etwas dazwischen – das ist das Wir.

Auf dem Weg zum Ausgang griff mich jemand am Oberarm, natürlich war es Ana. „Jetzt warte mal." Irgendwo flog eine Flasche zu Boden, und ich dachte, ich hör nicht richtig, als sie mir ansagte: „Franz! Jetzt bleib hier. Halt das doch mal kurz aus."

Solange ich den Kopf oben halte, hat dieser Ort einen ziemlich hohen Unterhaltungswert. Da ist der graue Typ im Bibliothekszimmer, dem mein Eintreten einen abschätzigen Blick hinter seiner Zeitung hervor und ein Räuspern entlockte. „Hi", sagte ich deutlich und drehte ihm den Rücken zu, als er nachpresste: „Alles voller Weiber hier. Aber aussehen wie Kerle! Müssen sich nicht wundern, dass sie hier landen." Ich nahm ihm die Zeitung aus den Händen, da kam er ein bisschen in Fahrt, vor Schreck rutschte ihm ein Augenkontakt aus. „Was soll das?" „Na, das Datum der Zeitung", sagte ich. „Wollt gucken, ob ich im richtigen Jahrhundert bin." Freundlich gab ich ihm das Blatt zurück, setzte mich und legte die Füße auf den Beistelltisch. Dem Schein nach vertiefte ich mich in mein Telefon, ohne ihn weiter zu beachten.
Eine Frage der Übung. Entscheidend ist, eine physische Grenze zu übertreten, ohne ihn unbedingt berühren zu müssen, das will man vermeiden. Dabei eine ruhige, sogar höfliche Stimme halten. Keine Aggression in den Worten, das bringt nichts. Sie kommt aus dem Körper, ganz geschmeidig. Sich ihm ein bisschen angleichen, das irritiert am meisten und macht ihn kurz handlungsunfähig. Und dann kommt die Scham.
Recht hatte er natürlich damit, dass Frauen hier in der

Überzahl sind. Auf beiden Seiten – ausschließlich Therapeutinnen und mehrheitlich Patientinnen. Nur der Oberarzt … Ach, das ist so dumm, man macht sich lächerlich, es aufzuschreiben. Viele meiner „Mitstreiterinnen“ – so sagen das manche hier ganz ernsthaft – sind verheiratet. Ihre Geschichten hören sich ungefähr so an: Sie zuckt kurz zu Hause aus, schmeißt was kaputt vielleicht oder vernachlässigt Haus und Kind, wenige Male genügen, schon gerät alles aus den Fugen und der Mann begleitet sie zum Erstgespräch. Hier ist sie dann ganz *compliance* – Klinikvokabeln. Volle Krankheitseinsicht hat sie jedenfalls, arbeitet hart an ihrer Heilung, der sie voller Zuversicht entgegensieht, während sie sehr viel weint und sich ganz genau an den Tagesplan hält, dem wir alle nachjuchteln sollen wie Trottel. Was sie hat ausrasten lassen, das wird wahrscheinlich im Verhältnis zwischen Arbeit und Freizeit gesucht und dort, wo sie sich alles so zu Herzen nimmt. Zum Besuch bringen viele Männer die kleinen Kinder mit, einige wie zum Vorwurf und um zu demonstrieren, dass sie das gerade allein rocken und ihre Frau voll unterstützen. Und nach drei Monaten ist's geschafft, es geht zurück nach Hause.

Dann gibt es andere, auch ganz junge, mit Missbrauchserfahrungen und solchen Dingen, die haben es wirklich schwer. Nicht so wie ich. Ihnen zuzuhören, verschlägt mir die Sprache. Sie müssen sich ohnehin oft auf die Lippen beißen, wie alle, denn wenn in der Gruppentherapie jeder mit seinem Kram mal drankommen will, ist das Sagbare begrenzt. Und ich, ich sage neuerdings überhaupt wenig. Höre stattdessen zu, wie andere mich wahr-

nehmen. Arrogant oder unsicher, aggressiv bis stumpf, witzig, einschüchternd, unerreichbar, oberflächlich, hart, eine sagt „stark“, wow. Und permanent: „Wie fühlen Sie sich?“ Umstellt von Anforderungen und Deutungen. Genervt davon, wie wichtig sich alle nehmen. Unter Druck. Klein gemacht. Und trotzdem will ich bleiben, vielleicht werde ich weichgeklopft, so beeinflusst, dass ich nicht gehe. Ich kann mich nicht entscheiden. Werde also nach ein paar Wochen still, was sogar hier auffällt: „So kennen wir Sie gar nicht!“, staunt Frau Dr. Nurifa für alle. Und schlägt eben vor, ich solle schreiben. „Ich bin für Bilder und Geräusche“, sage ich, „nicht für ausgewählte Worte.“ Vom Ausgewählt-Sein habe niemand was gesagt, meint Frau Dr. Nurifa.
Eines meiner Bilder zeigt mich und die Nachbarskinder und Kris, noch ganz winzig, draußen, zwischen den Häuserreihen. Wir dachten, irgendwann fällt die Platte, wenn wir die Kiesel aus ihrem Verputz pulten.
Noch eines zeigt eine Bahn Disney-Tapete, die mit der Wende an unsere Kinderzimmerwand kam, das Dschungelbuch, Balu und Mowgli, die sehe ich deutlich und höre: Gemütlichkeit. Mein Vater hatte sie noch angekleistert, bevor er verschwand. Wir waren zu dritt, ein paar Tage, dachte ich. Wir blieben zu dritt, er kam nicht wieder. Keine Erklärung. Probier's mal miiit ... Dazwischen Kiesel aus unseren Hosentaschen in der Waschmaschine, so was, ob das nun überzogen klingt oder nicht, aber so was höre ich.
Wir wohnten im Erdgeschoss. Aus gefundenen Brettern und Nägeln hatte ich eine kleine Leiter gebaut, die ich hinter dem Doppelstockbett versteckte. Mit ihr konnte

ich das Kinderzimmer über das Fenster verlassen und mich auf demselben Weg wieder hineinschleichen, ohne an meiner Mutter vorbeizumüssen, an Marion, die eisig schwieg oder schrie, dazwischen gab es nichts mehr. Kris schrie schon längst nicht mehr, war als Baby schon ziemlich still gewesen. Später glich sie einem lieben Geist. Ich hingegen galt als laut, ging aber auf Zehenspitzen durch den Flur. Auf dem Garagenweg rannte ich zu Jan und mit ihm zusammen zum Gewerbegebiet, wo wir die leergewordenen Büros und Hallen zu Schaltzentralen unserer Raumfahrtmission erklärten oder dem Untergang dieser Welt detektivisch nachgingen. In den alten Firmenunterlagen suchten wir nach Namen, die wir kannten, gaben vor, sie gefunden zu haben oder fanden sie wirklich. Löcher in Plastiktrennwänden zu Vorzimmern waren Einschüsse, der Telefonhörer baumelte noch vom Tisch, alles war voller Zeichen eines Abgrunds, in den die vielen Menschen, die hier gewesen waren, gestürzt sein mussten. Im Spiel ergab das mehr Sinn und Kitzel als die Tatsache, dass sie, wie Jans Vater zum Beispiel, fast nur noch zu Hause saßen und trotzdem lächerlich dünne Geduldsfäden hatten. Ich wusste, es heißt „Wiedervereinigung". Natürlich hatte ich keinen Schimmer, was dieses „es" war, begriff mit der Zeit nur, dass ich stärker auf der Hut sein musste. Seitdem schlief ich oft bei Kris im unteren Teil unseres Doppelstockbetts, und nachdem unser Vater weg war eigentlich immer, ungefähr bis Kris fünf war, vielleicht sechs. Ich passte auf sie auf, hörte ihren Atem, sah das Auf und Ab ihres kleinen Brustkorbes und wartete, bis es im Rest der Wohnung endlich so still geworden

war wie in unserem Bett. Dann ging ich manchmal in den Flur, sah ein Flackern aus dem Wohnzimmer und setzte mich dort zu meiner starren Mutter auf das Sofa. Fernsehen außer der Reihe war untersagt. Marion aber blickte kaum auf, duldete mich, manchmal zog sie mich wortlos zu sich, bis die Heiratsshow zu Ende war. Dann konnte ich schlafen.
Zwischen Mutter auf dem Sofa und dem Geheimnis draußen lag das Treppenhaus der Platte für mich wie ein Durchgang zur großen Welt. In meiner frühen Erinnerung war es dort laut, bei Regen spielten wir in den Nischen zum Keller, wenn wir nicht nach draußen verbannt wurden, wo der Erdgeschossbalkon den besten Unterstand hergab. Kamen wir klatschnass wieder, war das Schimpfen der Erwachsenen hinter allen Türen und durch die Wände zu hören, weshalb meine Mutter einmal in plötzliches Gelächter ausgebrochen war – die Geibitzen von oben schimpfte auch gerade mit der eigenen Rotznase. Mit Echo aus der Nachbarswohnung kam meiner Mutter das eigene Schimpfen plötzlich komisch vor, sie musste also lachen, und der Pantoffel in ihrer Hand wurde doch nicht geschmissen. Solange mein Vater da war, sehe ich meine Eltern durch diese Kulisse nicht laufen, sondern immer rennen, beschäftigt, auf dem Weg irgendwohin. Aber Lachen gab es da eben noch zu Hause, hin und wieder. Nicht nur Gesichter, die guckten wie ausgestopft und nachts bläulich von der Glotze angestrahlt wurden.
Ich glaube, Kinder sehen ihre Eltern vor allem als Funktionen, die erst auffallen, wenn sie ausfallen. Bei ihrem zweiten Besuch hier im Krankenhaus sagte ich etwas

Ähnliches zu Kris. Sie meinte, es habe wohl mehr mit der genauen Zeit, den frühen 90ern zu tun, dass die Erwachsenen hektisch funktionierten – „und-oder soffen“, schob sie nach. „Dass es sonst keinen Platz gab für so etwas wie … Gefühle“, das letzte Wort kroch zögernd und halb ironisch aus ihr heraus, es war ihr wohl nicht speziell genug. Der Rest klang so, als habe sie x-fach darüber nachgedacht. Von der Klinik weichgekocht, fragte ich weiter und erfuhr, dass Kris zur „Transformation“ – so sagt sie das – recherchiert und zur Frage, was sie für das Leben von Frauen bedeutete. In einem Anflug von Offenheit zog sie eine Art Hefter aus ihrer Tasche, darin sammle sie Gedanken und Informationen. Dunkelrotes Plasteleder, ziemlich 80er, billig in Gold aufgedruckt das Wort ORWO. Kris blätterte diesen Hefter jedenfalls schnell durch, sodass ich nichts erkennen konnte, nur handbeschriebene Seiten eben, hier und da Kopien offenbar, teils sogar auf altem, gelblichem Papier mit entsprechendem Geruch. Als sei ihr selbst aufgefallen, wie albern retro das Ganze war, klappte sie das Ding schnell wieder zu und ließ es in der Tasche verschwinden.
Eins: Ich spürte die Zurechtweisung auf meiner Zunge: Kris, lass das endlich ruhen.
Zwei: Ich verkniff sie mir, denn ich sah schon, dass wir beide die Nerven verlieren würden. Was sie dann machen würde, ist auch klar: Sie würde gehen.
Drei: Kris sah das Verkniffene auf meiner Stirn geschrieben und verabschiedete sich bald unter Höflichkeitsfloskeln bis zum nächsten Mal.
Das Grundrauschen unserer Platte *transformierte* sich. Mein Vater trat morgens leise vor die Disney-Tapete,

sprach „Aufstehen“ und öffnete das Fenster, an dem er stehen blieb wie eingefroren, mit dem Rücken zur Wohnung. „Zuengzuklein“ brüllte meine Mutter, bevor sie zur Arbeit ging. Die Wohnungstür schepperte, und mein Vater knallte das Fenster zu. So war es in der Zeit, bevor er ging. Eine Zeit, in der viele gingen, die meisten aber doch zusammen. Auf die Umzugswagen, die regelmäßig vor unserem Haus standen, blickte meine Mutter aus dem Fenster regungslos wie nachts auf die Heiratsshow. Als auch Jan wegzog, wütete erst ich im Wohnzimmer wegen Jan, dann meine Mutter wegen allem. Schließlich sei sie die Verlassene, Gelackmeierte, sie könne hier nicht raus. Mit uns. Diese Tür schlug so hart, dass ihr Plastefenster einen Riss bekam. Nur kann ich mich nicht erinnern, ob sie das war oder ich. Der Wechsel zwischen Schreien und Schweigen blieb, er war kalt und auch schon ganz normal, als Kris vollständige Sätze bilden konnte.

Abmessungen

Keine Wohnung für Alleinstehende unter 26 Jahren, Heirat war Voraussetzung, aber nur Kinder verkürzten die Wartezeit erheblich. Geheiratet wurde zeitig und Kinder bekam man früh, was als planvoll gelten kann, da die Pille leicht verfügbar war – kostenlos ab einem Alter von 16 Jahren. 50 Prozent aller Frauen hatten im Alter von 22 Jahren ein Kind geboren. (Mehr Zahlen bei Schröter 2011, 14ff.)

Mit drei Zimmern galt eine vierköpfige Familie die Wohnung betreffend als vollständig versorgt.

WBS 70: 1 Kinderzimmer für 2 Kinder ca. 11 m², Küche je nach Wohnungsgröße 3,4 bis 10,5 m², Bad standardmäßig 3,43 m².

Wo habe ich das gelesen?: Der Zusatz „Ratio" in der Grundriss-Angabe heißt, dass die Wohnung durch eine zusätzliche Wand um ein Zimmer erweitert wurde.

Krippen, Kitas als Entlastung, flächendeckend.

Alltagsorganisation, z. B. die Versorgung mit Gütern des täglichen Gebrauchs, durch die

wirtschaftlichen Verhältnisse aufwendig – wobei hier stets ein Vergleich zur BRD erfolgt, also:
„war die Ausstattung der Haushalte mit arbeitserleichternden Haushaltsgeräten deutlich geringer als in der alten Bundesrepublik" (Harth, S. 65);
„waren [...] die erforderlichen Eigenleistungen der Haushalte deutlich höher als in den alten Bundesländern. Aufgrund der ungenügenden Obst- und Gemüseversorgung sowie des Fehlens von vorgefertigten Speisen, Gefrierkost und Konserven spielten häusliche Arbeiten zur Nahrungsmittelerzeugung und -konservierung eine erhebliche Rolle. Auch die Eigenherstellung und Instandhaltung von Bekleidung nahm einen größeren Stellenwert ein." (Ebd.)

... Man kann weiter gehen, weiter vergleichen: Das Ernährer-Hausfrauen-Modell dominierte in der BRD, war verpönt im Osten etc. Hier ein Vergleich aus der Transformationszeit, mit keinem Geschichtsbuch übereinzubringen:
„[Ich beobachte] ganz merkwürdige (vielleicht auch nur für uns neue) Tendenzen. Man fängt an, sich neben sich selbst zu stellen, wenn man mit unbekannten Personen spricht. Früher (wie klingt das!) war die Offenheitund auch eine gewisse Portion Ver-

trauen größer.“ (Magda S. in Dölling et al.) Sicher war die frühere Offenheit zweifelhaft oder ein Privileg der Unkritischen. Die anderen mussten sich wohl ständig neben sich stellen und ihre Worte abpacken.

Für die 90er wird das Vergleichen zwischen neuen und alten Bundesländern existentiell; und das Wissen vom Ende prägt heute jede Rückschau bis ins letzte Eck. Aber beides ist unnütz für eine Rekonstruktion des Bewusstseins von Frauen in der DDR.

Der Lauf der Dinge, ein Sprint. Wann hätten sie darin Zeit gehabt für Verzweiflung?

sich neben sich selbst zu stellen

Adamczak mit Bezug auf Kollontai: „Die Arbeiterin braucht ‚innere Selbstdisziplin‘. Sie muss lernen, ‚ihr persönliches Leben wie hinter einem Riegel‘ zu verbergen. [...] Eine heteronome, abstrakte, statische Arbeit führt zu einem kontrollierten, rational-verlässlichen, gefühlsbeherrschten Subjekt, während eine flexible, konkrete, eher autonome Arbeit mehr Raum für die Entfaltung von Gefühlen, für Klage und Leid lässt. Entsprechend verschieden fällt die geschlechtliche Subjektivierung im Osten und im Westen aus. Gemessen an den Subjekten, denen ein weibliches Geschlecht zugeschrieben wird, werden die Mitglieder dieser Gruppe in der DDR weniger Psyche haben als in der BRD, weil die Lohnarbeit auf Dinge, Öffentlichkeit und Oberfläche orientiert, während andererseits die Anforderung, ein heimeliges Heim herzurichten und zu repräsentieren, die tiefe Innerlichkeit erzeugt, deren Abgründe dann von Antidepressiva abgedämpft werden müssen." (S. 210, Zitate im Zitat aus Kollontais *Die neue Moral und die Arbeiterklasse*)

Hinausgehen über die Frage, ob es Luxus sei, dem Leiden Raum zu geben – davon gehe ich aus. Wichtiger: Kann es überleiten in eine grundlegende Veränderung, grundlegend wie: nicht (nur) auf die Einzelne gerichtet? Von innen nach außen. Und zurück. Und so fort.

Die Wohnung, in der ich aufwuchs, war vom Grundriss Ratio-3-Raum. In meiner Küche heute hallt es. Ich liege unter der Spüle und tausche eine Dichtung aus, dann bleibe ich liegen. Wenn es noch tropft, dann zwischen meine Augen. Eine Frau im Radio sagte am Morgen: Kein gesunder Mensch käme auf die Idee, eine frische Körperwunde in einer schmutzigen Pfütze zu baden, Dreck hineinzureiben, sie wieder und wieder aufzureißen.

Heute war ein guter Tag, also will ich Frau Dr. Nurifa den Gefallen tun und halte fest:
Eins: Ana und David waren hier und brachten unsere neuen Aufnahmen mit. Ana kenne ich, seit sie in der 8. Klasse auf unser Gymnasium wechselte, sie kam von der Realschule, das war ungewöhnlich und wäre für die meisten ein soziales Todesurteil gewesen. Aber Ana hatte so eine Art, die das nicht zuließ. Die allgemeine Vorstellung, dass es an der Realschule vor Drogen und Schlägereien wimmelte, verschaffte ihr irgendwie auch Respekt. Die wenigsten trauten sich an sie heran. Ana war ein Underdog und interessierte mich. Ihre Familie wohnte auch noch in einer Platte, in deren Küche wir zur Not mal sitzen konnten. Zu uns kam Ana nie, Besuch war mir verboten und wäre mir auch unangenehm gewesen. Sonst marodierten wir durch die Gegend, wie Anas Mutter das nannte, lernten, uns zu behaupten. Das meiste geht über den Blick und die Körperhaltung.
Aber damals benutzten wir außerdem Lederjacken, laute, tiefe Stimmen, Spucke, Pfefferspray. Wir waren nicht zimperlich. Drama und Tränen, das gab es drumherum genug, wir hatten es satt und ohne große Worte abgemacht, dass wir uns nicht aufsaugen lassen würden, nicht in die Falle tappen. Wir würden uns den Spaß am Leben nicht nehmen lassen.
Dass wir nach der Schule sofort aus der Kleinstadt Wühlen wegziehen würden, stand außer Frage. Wir lernten und studierten halbwegs solide Sachen, denn wir wollten ja Geld, Unabhängigkeit, uns nur aufeinander verlassen und auf keine Seele sonst, zig Menschen kennen, aber jederzeit wegkönnen. Wir wohnten zusammen und

dann wieder nicht, kreiseln jedenfalls seit der Schule umeinander, kollidieren mal, torkeln auseinander und wieder aufeinander zu. Ich vermute, wir schaffen es nur, zusammenzubleiben, weil wir nicht alles durchdiskutieren und Phasen der Funkstille aushalten. Musik machen wir schon ewig zusammen, erst als exklusives Ding zwischen uns beiden. Bis wir David in Berlin kennenlernten, der Gitarre spielte und eine „richtige Band" wollte, was er ganz ernsthaft sagen konnte. Überhaupt ist David Coolness und Ironie fremd, das interessierte mich. David wollte Konzerte, Aufnahmen und „Verbindlichkeit". Ana arbeitete als Ton- und Veranstaltungstechnikerin, war viel unterwegs, ich saß seit Kurzem im Architekturbüro. Es ist falsch, abends von nichts als der Lohnarbeit erschöpft zu sein. Raschelware wird oft für eine Grrrl-Band gehalten, aber ich sage: Das sind nicht mehr die 90er.
Heute also saßen Ana und David ganz artig vor mir. Um die Stille zu brechen, wollte ich die Aufnahmen gemeinsam hören, stellte dann aber fest, dass es kein Abspielgerät im Zimmer gibt. „Du weißt doch sowieso, was drauf ist", sagte Ana. So dumm, wie wir da saßen, gefaltete Hände und irgendwie betreten, wurde ich gereizt und bestand darauf. David fing an, eine Melodie zu brummen, Ana verdrehte die Augen, überwand sich aber und mimte stimmlich den Bass, ich gab das Schlagzeug in Knack- und Zischlauten dazu. Wir steigerten uns, sprangen durch den Raum, ich trommelte auf der Bettkante, der zusammengerollten Yogamatte, stampfte, David tanzte mit dem Vorhang, und Ana nutzte meinen Nachttisch als Podest. Den ganzen Song spielten wir so, a cappella, lachten über

die Schwester, die kurz reinschaute, mit dem Zeigefinger wedelte, aber nachsichtig weiterging. Zum Schluss umarmten wir uns. Sie haben nichts gefragt. Wie es war, war es gut.
Zwei: Letzte Nacht habe ich durchgeschlafen.
Drei: Meine Schulter schmerzt nicht mehr sehr.
Das Positive ist das eine, Frau Rupp, aber auf die andere Seite müssten Sie auch schauen. So redet Frau N. in meinem Kopf und in den Sitzungen, die anderen Patientinnen nicken. Wie finde ich das, dass die in meinen Gedanken sind, dort irgendwelche Grundsätze predigen? Wie finde ich, dass es nicht zu genügen scheint: meine Positivlisten nicht, und dass ich immerhin freiwillig hergekommen bin nicht, oder einfach ich nicht. Wir schwimmen in unseren Befindlichkeiten. Und wohin? Es gibt so viel Wichtigeres. Trotzdem packe ich meine Sachen nicht und schmeiß nicht die Tür, obwohl das eine schöne Vorstellung ist, hier mal richtig Lärm zu schlagen und alle aus ihrer geübten Mildtätigkeit herauszulocken. Aber ich mache das nicht. Aus dem einzigen Grund, dass ich mich auch so schon, vor der Klinik, von der Welt draußen entfernt habe, Tatendrang und Neugier immer weniger werden, erschreckend. Ich habe Angst, dass die Klinik mich tiefer da hineinreitet, aber dummerweise hatte ich auch vorher Angst. Ich weiß nicht mehr, was woran liegt, worin vertrauen, was ich einsehen kann. Es macht mich wahnsinnig.
Plötzlich diese lähmende Klarheit: Es könnte ganz schnell gehen, und kaum mehr etwas von meinem Leben wäre übrig, weg wie Artur, von jetzt auf gleich, alles leer, und kein Rennen bringt mehr was. Ich renne trotzdem, renne die Schulter zu Bröseln und brülle und lache viel

zu grell, weil ich denke, dann kommt das echte Lachen schon wieder. Artur weiß ganz gut, dass ich ihm von hier aus die Hölle nicht heiß machen kann, dass ich es getan hätte und zu Recht. Da war nicht alles verloren. Nur die Leichtigkeit, jawohl. Die haben wir immer gefordert, als Teil unserer Freiheit. Den Job pflichtmäßig abhaken, sich dann gehen lassen und frei machen. Ich wüsste nicht, wie es sonst gehen soll, und doch liegt da irgendwo ein Fehler, denn offenbar sind wir zusammen vereinsamt, sodass Artur lieber geht, als das mit mir durchzustehen. Da dachte man ausnahmsweise ganz unironisch an *Liebe*, schön blöd. Jetzt erscheint es mir arm unter diesem Licht, dem Kliniklicht. Wir waren exzentrisch im Dunkeln und gingen am Morgen sehr brav zur Arbeit. Zunehmend blass.

Was ich für eine Basis hielt, ist für nichtig erklärt, seit er durch die Drehtür gelatscht ist, ohne sich umzudrehen. Unfassbar. Dieses Arschloch.

Ich möchte, ich sollte mit den Schultern zucken. Ich habe keinen plausiblen Grund zur Klage! Habe in Wahrheit Glück! Glück, dass ich in diesem Büro arbeiten darf, ohne mich totzuschuften, obwohl es in der Architektur höchstens Frauen mit Kindern zugestanden wird, Überstunden zu verweigern, und die werden eben auch selten eingestellt. Junge Väter haben wir schon im Büro. Es kommt vor, dass sie nachts unter dem Tisch schlafen. Freilich machen die wichtige Sachen, mit denen ich nichts zu tun habe. Ich bin der Paria im Büro, mache die Sekretärin, die es als Stelle nicht gibt, und rastere stundenlang. Näher komme ich unseren Projekten nicht, Studium hin oder her, was mich nicht frustrieren soll. Schließlich habe

ich auch damit wieder Glück. Kürzlich wurde unser Büro ausgewählt für die Neugestaltung einer Brache, wo sich Aussteiger und Obdachlose vor Jahren einquartiert hatten. Eine Art Wagenburg. Sie war stadtbekannt, und gegen die Räumung gab es Proteste. Der Auftrag an unser Büro sah vor, das Flair dieses Ortes in die Entwürfe des Bürokomplexes zu übersetzen.
Mich müsste das nicht schlucken, weil ich nicht richtig involviert bin, diesen Mist nicht plane und mich schon gar nicht mit meinem Job identifiziere. Ich sollte das trennen können. Und mich als Ausnahme feiern, ja, das habe ich auch gemacht. Sicher, alle sind Ausnahmen, das ist der Marktschrei. Wahr ist, dass ich nicht schlecht verdiene, tagsüber unwahrscheinlich seriös und transparent bin und abends kaputt.

Der Tag, an dem ich zur Wagenburg ging, war einer der höhnischen. Die Burg stand in Berlin, wo Franz und Ana immer nah sind und die Ferne zu ihnen eine, die ich bestimme, wenn ich ihnen genauso wenig sage, dass ich in der Stadt bin, wie anderen Leuten, die ich dort kenne. Der Tag wucherte mit Versuchen, die ohne Verbindung zu anderen erbärmlich und vor allem zwecklos sind.

Vor der Burg standen einige hundert Unterstützer:innen, die Polizei versuchte, sich um sie zu legen wie ein Sack. Zugezogen gäbe er den Eingang frei. Der war zusätzlich mit aufgeweichten Brettern, gestapelten Einkaufswagen, Stangen von Straßenschildern verrammelt. Einen Moment lang war es beinahe still, nur Regenjacken raschelten, hier und da scharrte ein Fuß, sog jemand tief Rauch ein. Ich blickte einem in die Augen, bis er den Blick abrupt herumriss, den Mund auf, schrie. Seine Augen wurden rot. Druck. Und Tränen. Brüllen überall. Körper pressten mich gegen die Burgmauer. An ein paar vorstehenden Ziegelsteinen zog ich mich mit dem Bauch auf die schmale Mauer, meine Beine umklammerten sie von beiden Seiten. Vor und hinter mir stemmten sich weitere Leute hinauf, warfen lose Teile des rissigen Verputzes nach unten. Ich wendete den Kopf zur Burginnenseite, weg von der Gaswolke, und wartete, dass meine Sich klarer wurde. In der Mitte des Platzes saß eine Traube Menschen, eingehakt, niemand rührte sich. Als die Konturen wieder schärfer wurden, sah ich im Eingang eines Zeltes einen Hund ganz aufrecht sitzen, sein Fell leuchtete.

Ich hörte, wie neben mir alle in die eine oder andere Richtung wieder von der Mauer heruntersprangen. Unten war nun Platz, aber der Sack zog sich zu. Ich sprang und rannte.
Ich hatte über die Räumung schreiben wollen, wie immer als *Freie* und ohne Presseausweis; so landet man auf der Mauer. Eine feste Zusage für den Text hatte es nicht gegeben, und am Ende nahm die Redaktion ihn nicht an. Ohne Verbindung zu anderen ist eine politische Position zwecklos, manchmal erbärmlich, jedenfalls nicht viel mehr als Selbstzweck.
Auf dem Rückweg zum Bahnhof traf ich meinen ehemaligen Professor, der in Berlin seine Erstwohnung hat. Hocherfreut sah er noch die alte Kris. In seinem Blick waren Erwartung und Gewissheit: „Was machen Sie inzwischen?" Auch ich sah mich in seinem Büro sitzen, zwei Jahre zuvor, an der Wand rechts von mir ein großer Reprint des Fotoportraits von Louise Bourgeois mit der riesigen Penisplastik unter dem Arm. In Sprechpausen hatte er grübelnd zu Louise gesehen und generell zuversichtlich zu mir, Kris, die ich dort saß, eben vor zwei Jahren, die wie eine kurze Zeit klingen, dabei klingeln wie Alarm.
Meine Souveränität von damals steht mir gegenüber wie ein Ausstellungsstück hinter Glas. Auch damals war sie oft Show, aber doch eine, die sehr gut lief. Schon vom Vorfall am Wagenplatz blankgescheuert, stand ich nun unverhofft vor dieser Ich-Vitrine und vor dem Professor, musste ich mich nicht nur zu ihm, sondern auch zu dieser alten, jüngeren Kris verhalten. Mir ist nicht klar, wie viel die Menschen über diesen Zeitbruch hinweg

sehen, ob die eingefallenen Wangen machen, dass sie anders mit mir sprechen. Sein Tonfall schien jedenfalls getragen von der Annahme, eine Person vor sich zu haben, die ihren Weg geht. In diese Richtung versuchte ich auch meine Worte zu schieben, bis er diesem Kraftakt ein erleichternd frühes Ende setzte: „Na, das klingt doch sehr vielsprechend." Anschließend wiederholte er sein Angebot, ich könnte unter Umständen an die Universität zurückkommen, „Melden Sie sich!", dann musste er gehen, wie alle immerzu irgendwo hingehen, was auch ich einmal gekonnt hatte, als *mein Weg* noch keine glatte Lüge war.

Unter die Universitätsstadt hatte ich einen klaren Strich gezogen, wie unter viele Orte und Lebensabschnitte zuvor. Vorwärts, schnell vergessen. Selten ließ ich dabei Menschen zurück, denn wirklich befreundet war ich mit wenigen. Es war eine Zick-Zack-Bewegung, und doch war sie auf ihre Weise schnurgerade. Meinen Kopf konnte ich überall hin mitnehmen, das Verlangen nach Wissen, die Inspiration, das Schreiben. Nebenjobs, Ehrenämter. Überall hin mitnehmen ließ sich die Maschine, die ich war.

Nur entglitt mir irgendwann jede Form von Alltag, rutschte in Schlaf, der nie genug war. Ich schlief und schlief, ein Jahr, wie im Märchen, wenn es im Märchen Antidepressiva gibt. Wach-Sein war Schwanken, und es hieß, sich zu verbergen so gut es geht und sich zu bekämpfen. Immer wieder neu aufstehen, mehrmals am Tag, es wird wieder anders, es wird. Die Form meines Hamsterrades.

Zwangsläufig wuchsen die Abstände zu meinen wenigen Freund:innen, zu Künstler:innen und Engagierten im

Bekanntenkreis. Schließlich leistete ich nichts mehr. Gespräche über Stipendienbewerbungen und theoretische Diskurse ertrug ich nicht mehr, und hatte doch selbst nichts zu erzählen. Unausgesprochene Abschiede folgten. Franz rief in diesem Jahr nicht an, wie auch ich nicht nach ihr rief. Sie war die letzte, von der ich Verständnis erhoffen konnte. Ich schreibe: *ein Jahr*, damit es isolierbar klingt wie im Märchen: Es war einmal.

Ich werde nur mäßig Ordnung bringen in diese Zettelei, die mir zugefallen ist, und werde nicht behaupten, aus ihr etwas Ganzes zu machen. Ihre Blöcke, Hefte, das Recherchebuch, eine alte, schnaufende Festplatte liegen vor mir, und kein ausgeklügeltes System wird helfen, mit ihnen fertigzuwerden. Also werde ich eine renitente Erzählerin sein. Weder Märchentante noch Dokumentaristin.

Vieles, was ich in Franz' und Kris' Aufzeichnungen lese, habe ich gewusst und nicht gewusst. Ich habe mit Kris getanzt, mit Franz gesungen und mit beiden gelacht, nicht oder nicht immer wie Kris' Professor, der nichts merken will oder muss, sondern trotz alldem. Was sie schreiben, ist nicht wahrer, sondern anders fokussiert; man darf ihnen die Bewegung nicht nehmen, uns die Bewegung nicht nehmen, und dabei denken, Offenbarungen träten zutage. Das tun sie auch nicht durch mich, die ich meistens da war, schon mein Name wie ein Ausrufewort: Ana. Beide haben ja nach mir gerufen, oft.

Ich bin da,

auf Franz' Klinikbett, als sie vom Versuch erzählt, die Musiktherapie nicht immer mit der Trommel zu dominieren. Ich frage sie nach Therapieformen mit Tieren. Ob es vielleicht einen Hund in der Klinik gibt. „Zum Glück nicht", sagt sie, der müsste einer ja leidtun. Zum Abschied lecke ich Franz die Hand, damit sie kichert.

Von der Klinik renne ich und bin kurz nicht da. Ich renne mit dem Tier durch ein Waldstück zum Meer. Wir können das Wasser schon riechen, vermischt mit Nadeln und Harz, und werden immer schneller. Erst lache ich, und das Tier wedelt, dann streut das Lachen in die Glieder und ist überall. Wehendes Fell, Glitch in den Ohren, schneller Atem, hoher Puls, ein Rhythmus am Boden von plauzigen Füßen und sicheren Pfoten und ein Nacheinander-Schauen. Wir sind nur das.

Ich bin da, früher noch,
als Kris' Finger auf der Pianotaste verharrt, sie nicht nach unten drückt. Ich erwarte den Ton, und sie spielt ihn nicht. Minutenlang sitzt sie wie blitzgefroren. Doch irgendwann fragt sie: „Was passiert in deinem Kopf, wenn du Musik hörst?", und ihre Finger brechen aus, rennen wie Pfoten der Länge nach über die Tasten die Tonleiter herab, zu mir hin. Lachend legt sie sich neben mich auf das Bett, drückt ihren Kopf in die Kuhle meiner Achsel, ihre Haare kitzeln mich, und dort, eng umrahmt von meinem Arm und meinem Brustkorb, bleibt sie. Hinter dem Flattern meiner Wimpern könnte sie getigert sein.

„Ana? Hast du mich gehört?" Es sei fast wie dieser Moment gerade, antworte ich. „Alle Sinne sind an, wenn ich Musik höre. Es ist gleichzeitig eine ganz stabile Verbindung zum Boden und wie Schweben. Mit Denken hat es nicht so viel zu tun. Jedenfalls, wenn ich ganz Konkretes denke, während ich auf einem Konzert bin, vielleicht an eine Verabredung am nächsten Tag, dann ist entweder die Musik nicht echt, oder ich bin schon stumpf." Kris schnaubt und findet das wie so oft „ein bisschen esoterisch". In meiner Kuhle traut sie sich aber nicht, es allzu spitz zu sagen. Oder sie ist dort eben doch nah an dem Raum, den die Worte nie ganz erreichen, auch wenn sie es nicht zugibt.

Nur vielleicht bin ich da, noch früher, auf dem Wagenplatz. Kris auf der Mauer sehe ich jedenfalls nicht, kann nicht, weil es Momente gibt, in denen ich keinen Raum habe für ihre innere Abrissbirne und nur die Zerstörung draußen zählt. Darum knurrt und knurrt das Tier neben mir, seine Augen blitzen, die Ohren liegen an, es hat sein Gesicht gekrempelt, knurrt und knurrt um sein Leben. Die Zeit zieht Fäden, ich kann die Angst kaum aushalten, muss aber, während es knurrt, die Pfoten auf dem Sprung, der ganze Körper eine Drohung. Die schwarz gepanzerte Figur vor uns greift sich ans Visier, zeigt kurz die weiten Augen, ihre Finger zittern an der Halterung vom Schlagstock. Dann hebt sie die Hände vor die Brust, Handflächen nach außen, das Knurren wird noch einmal lauter, schabt am Schrei, jeder Muskel ist angespannt, auch in mir, wir sind bereit, zu springen. Da geht der Gepanzerte einen Schritt rückwärts, noch einen, dreht sich und ist weg.
Jetzt läuft mir die Angst um das Tier aus den Augen. Jetzt erst kann sie heraus und mit ihr die Trauer darüber, dass wir in diese Spannung gezwungen werden können, gedrängt, bis wir uns umkrempeln und bereit sind, zu beißen. In diesem Augenblick ist Kris aber schon abgesprungen und fort, Franz war gar nicht erst da, und ich will nichts, als mit dem Tier ans Meer, es ist nicht viel.
Nur langsam richten sich seine Ohren wieder auf. Wir sind da.

II. Mosaik

Wir sprachen über den Ursprung meiner Wut. Ich halte sie für etwas Gutes. Die meisten Frauen sind ja zur Wut nicht imstande und geben ihre Positionen zu schnell auf. Frau Nurifa stimmte mir halb zu: „Gefühle sind weder gut noch schlecht, sie sind da und notwendig. Aber Verantwortung müssen wir für sie übernehmen" – soweit ist es immer derselbe Psalm. Nur finde meine Wut offenbar kein geeignetes Ventil, schieße über eine Grenze hinaus und zerschieße Beziehungen. Wogegen sie sich richte, fragte Frau N. Ich sagte, „die war schon immer da." Sie wiederholte die Frage, auf die ich keine Antwort weiß. „Hören Sie, es ist nicht meine Mutter", sagte ich stumpf und lachte allein. Mir kommt es vor, als würde Frau N. und mit ihr dieses ganze Haus eine bestimmte Antwort erwarten, und ich kenne sie, kein Mensch ist so blöd, die nicht zu kennen, aber richtig macht sie das längst nicht. Wo Menschen von Wurzeln schwatzen, steige ich aus. Das interessiert mich nicht. An den Anfang kann ich nicht zurückgehen, nur schauen, wo habe ich mich wie entschieden, wann wurde das schmerzhaft, und was kann ich machen dagegen.
Die Wut war schon immer da. Wenn Kris weinte, zerschmiss ich einen Blumentopf. Wenn unsere Mutter schrie, schrie ich zurück. Irgendwann sagte ich einfach Nein. Dafür brauchte Kris viele Jahre. Meine Wut hat mir die Haut gerettet, Kris hatte keine und hat nun den eigentlichen Schaden. Frau N. hat mich darüber unterrichtet, dass *Kinder psychisch kranker Eltern* – das sagt sie, und ich widerspreche nicht, weil ich müde bin davon – oft nicht die Fähigkeit ausbilden, ihre eigenen Bedürfnisse festzustellen, weil sie zu früh auf das Wohl des

Elternteils fixiert sind. Es ist mir lästig, auf so einer Ebene mit ihr zu sprechen. Ich will von dieser Geschichte nichts mehr, sie wiederzukäuen ist albern. Aber in der Gruppentherapie warten alle auf meine Story wie auf einen Zauberspruch, machen mir Druck. Also, Ladies and Gentlemen, kommen Sie näher, denn nun knicke ich ein! Achtung, Tusch! Ich erzähle *meine Geschichte*. Nur hier und nicht für euch.
Sie musste wahnsinnige Kraft gehabt haben, meine Mutter – also doch! Mit wechselnden Jobs, in Vollzeit und alleinerziehend hat sie uns durchgebracht, und hatte dann noch die Energie, sich in ihrem Kopf ein ganz anderes Leben zu bauen. Zum Beispiel musste sie sich für das Zweitleben teure Kleider vom Mund absparen, unter denen sie dürr wurde. Denn dass ihr Mann abgehauen war, hat sie niemals anerkannt. Dieser Umstand war ganz real, so real wie unsere kalten Nasen im Winter, weil wir an der Heizung sparen mussten, und zugleich war er klaffend abwesend. Also fasst man sich an die Nase und versucht, nicht an sich zu zweifeln, von klein auf. Unsere Mutter aber tat nicht bloß so, als sei nichts geschehen – sie behauptete sogar das Gegenteil. In der Nachbarschaft konnte sie von „ihrem Mann" sprechen, als säße er bei uns vor dem Fernseher, oder nein, das suggerierte doch zu viel Faulheit für ein solches Aufsteigerpaar. Schließlich hatten sie kürzlich einen Kredit aufgenommen für ein Reihenhaus in der Neubausiedlung, und nun musste man doch in die Puschen kommen, mit den vielen Möglichkeiten, die es heute gibt! Und die Kinder werden auch nicht kleiner, die sollen es mal gut haben, zum Glück verdienen wir ganz anständig. „Endlich haben

wir den Muff abgeschüttelt, ist doch wahr!"
Unter ihren Freunden war sie fröhlich. Dass von denen niemand etwas sagte, begreife ich nicht. Von den Nachbarn war sowieso nichts zu erwarten. Anfangs glaubten ihr ja manche noch, aber die Wahrheit verbreitete sich schnell. Man lachte meine Mutter nicht direkt aus, da war doch etwas wie Respekt vor ihr. So sitzengelassen, das ist doch ein starkes Stück. Wobei die Geibitzen da nun fast Verständnis für hatte, offenbar war die gute Frau ja ein bisschen ... eigen. Bei Gelegenheit ließ ich der Geibitzen versehentlich mein Cola-Eis auf die Sonntagsbluse tropfen. So weit, die nahegelegene Anstalt zu kontaktieren oder das Jugendamt, ging jedenfalls niemand. Es war doch auch fast nichts, die Kinder hatten offenbar Essen und Kleider, die Mutter arbeitete, hatte einen Wendeknacks, nun ja, den hatte man selber und überhaupt eigene Probleme.
Na, und Kris und ich standen in der Kulisse unserer Mutter herum. Das passte nun schlecht, dass wir traurig waren und froren und den Papa vermissten, dessen Name unter einem Bannfluch lag. Am Schlimmsten war es für sie, wenn wir so undankbar waren, nicht mitzuspielen, dabei ging sie doch ans Maximum ihrer Möglichkeiten. Wir trugen selbst- oder wieder und wieder umgenähte Kleider, drinnen Etiketten von Peek & Cloppenburg, die meine Mutter in den Umkleidekabinen des Ladens rausschnitt. Klauen würde sie nie. Eben nur die Etiketten.
Ob sie ihre Version der Geschichte selbst glaubte, wurde immer unmöglicher zu sagen. Es ging nicht an ihr vorbei, dass sie ins kleinstädtische Gerede kam, und

da stand sie ganz und gar nicht drüber – das Gerede war ja allen zuwider und wie Luft zum Atmen. Auch Freundinnen besuchten meine Mutter seltener. Also nahm sie sich zusammen und redete irgendwann gar nicht mehr davon, behielt ihre Geschichten für sich. Ich bin aber sicher, dass sie sich selbst weiter von ihrem besseren Leben erzählte. Von der Realität – und die wackelte auch schon für mich – wollte sie weiterhin kein Wörtchen hören, bei Androhung ihres Selbstmordes durfte man sie nicht konfrontieren. Dann gab sie indirekt sogar alles zu, sagte, dass sie es beinahe nicht mehr aushalte, dass sie doch nur noch uns habe. Nur das, also wir, hielten sie davon ab, sich etwas anzutun, so nannte sie das. *Ihr müsst zu mir halten. Wir Frauen müssen zusammenhalten. Ohne euch hätte ich längst ...*

Ich begann, sie zu hassen, so sehr, dass ich ihren Drohungen entweder nicht glaubte oder sie mir schon egal waren. Meine Aufmüpfigkeit machte auch da keinen Halt. Bei Kris war das anders. Die ergab sich dem Schweigegebot, ordnete sich unter und klebte sonst hinter Büchern. Die Mutter irre, die Schwester nicht mehr als ein Umriss. Jede Minute „zu Hause" eine zu viel. Ich zerschnitt einen der teuren Mäntel unserer Mutter und demonstrierte, wo ich nur konnte: Ich mache da nicht mit. Von mir erhielt sie keinerlei Unterstützung mehr, nicht mehr in ihren Phantasiegeschichten, nicht zum Ausheulen, nicht mehr, indem ich Rücksicht nahm, weil sie sich hätte töten können und ich ihr hinterherlief, wenn sie nachts abhaute, um womöglich gegen einen Baum zu rasen. Schluss. Das heißt auch, ich ließ Kris allein mit ihr und ihren Drohungen, in der

versteckten Hoffnung, sie würde meinem Beispiel folgen. Womöglich war es mir auch ein Stück weit gleich, ich meinte, jede müsse da alleine durch. Eine Zwölfjährige sollte vor so eine Wahl gar nicht gestellt werden, damit sagt mir Frau Dr. nichts Neues.
Wenn ich Mutter und Kris so sehe, damals, wie sie zusammenstehen, wie meine Mutter Kris an sich drückt, mit einer Gewalt, die Muskeln nicht mal nötig hat und von Weitem wie Zuneigung aussieht. Wenn ich sie sehe, wie ihre Tränen auf Kris' Kopf tropfen und sie sie an sich presst. Dann weiß ich wieder, dass ich mich ekelte. Und zwar vor beiden. Aber nein, ich gebe mir keine Schuld. Dafür nicht. Und packe das Bild wieder weg. Ab dem Zeitpunkt jedenfalls galt *Wir Frauen* nicht mehr für mich.
Kris schaffte es ja. Sie ist mehr und anderes als dieses arme Kind. Es regt mich auf, wenn Leute nur auf diesem einen Kanal denken, und schon in der Schule habe ich das gehasst: *Die Schriftstellerin x hatte eine schwere Kindheit, deshalb schreibt sie so.* Kris ist klug und mutig; ich war mir sicher, sie würde eine Professorin werden oder etwas in der Größenordnung. Dass alles Kopfsache ist, das habe ich ihr immer gesagt, schon als Mädchen. Immer habe ich versucht, sie ernst zu nehmen, darin, wie sie sich freigekämpft hat, ganz allein, auch ohne mich. Sie sollte stolz auf sich sein. Ich bin stolz auf sie. Als ich das mal aussprach, schüttelte sie den Kopf und hielt mir einen Vortrag über *Verdinglichung*. „Immer funktionieren müssen", sagte sie am Ende matt, darum könne es doch nicht gehen.
Das macht mich wütend.

Stolz oder Scham. Dazwischen nichts.

Es gab in Anbetracht der immerhin ökonomisch begriffenen Emanzipation einen Stolz der Frauen: auf die Doppellast aus Erwerbstätigkeit und der „zweiten Schicht" zu Haus.

„Das ist kein Grund, furchtbar stolz zu sein; kein Grund, dass wir Helden sein müssen; ekelhaft, Helden zu sein; schlimm, eine Welt, die Helden braucht." (Morgner in Anlehnung an Bert Brecht: *Die Hexe im Landhaus*, S. 75)

Nach '89 hatten sich viele Frauen zwischen Beruf und Familie zu entscheiden. Dabei blieben bestimmte Normen und Werte über die Transformation und einen Generationenwechsel stabil (vgl. Harth):
→ die Normvorstellung einer möglichst „jungen Mutter" (zwischen 18 und 23 Jahre alt)
→ die Erwerbstätigkeit von Frauen (bis heute im Osten höher, als in den alten Bundesländern)

Ausgeprägte Scheidungsbereitschaft in der DDR, wohl auch infolge der ökonomischen Unabhängigkeit der Frauen von den Männern. Im Widerspruch dazu heißt es bei Harth,

die „zeitaufwendige Alltagsorganisation“
habe zu einer Aufwertung der Kollektive als organisatorisches Stützungsnetz geführt und besonders zur Aufwertung der Familie als Rückzugsort vor der Formalisierung des öffentlichen Lebens.

Soweit ich sehe, erfasst die Forschung diesen Widerspruch bislang nicht. Übrigens fiel mir kürzlich auf, dass es sogar in jener Literatur von Frauen aus der DDR, die die Geschlechterstrukturen so verblüffend durcharbeitet, beinahe nie Freundschaften gibt, ernsthafte Beziehungen außerhalb von Partnerschaft und Familie. Schon da sind die zu Bewusstsein gekommenen Frauen am Ende üblicherweise allein.

Die DDR Gesetzgebung konzentrierte sich auf die Erwerbstätigkeit der Frau und die punktuelle Übernahme von Reproduktionsaufgaben durch den Staat. Wie die Einzelne den Beruf mit der fortbestehenden alleinigen Verantwortung für Haushalt und Kinder vereinte – oder beide zerstückte –, blieb ihr Problem.

Selbstbewusster ausgedrückt, blieb es ihre Sache.

Ich spekuliere über zwei Tendenzen: Vorstellbar ist, dass einerseits viele Frauen diesen Stolz ausbildeten auf die eigene Kraft, mit der sie das Zwei-Schicht-System aus Beruf und Haushalt meisterten. Er ist ambivalent, da er sich aus einer Benachteiligung ergibt, die durch ihn nicht unbedingt erkannt, kritisiert und bekämpft wird. Oder für das Ausbleiben wirklich grundlegenden Wandels in den Geschlechterbeziehungen entschädigt.
Unzureichende Kompensation.

Doch errangen Frauen wohl auf diese Weise ein Selbstbewusstsein, das es möglich gemacht haben muss, Familie und ihre eigene Stellung darin neu zu denken, zumal ihre Körper seit 1972 ihnen gehörten.
„Am 10. März 1972 las Laura in der Zeitung ‚Neues Deutschland', daß das Gesetz über die Unterbrechung der Schwangerschaft von der Volkskammer der Deutschen Demokratischen Republik mit absoluter Stimmenmehrheit bei vierzehn Gegenstimmen angenommen worden war. Die Nachricht veranlasste Laura, die Kleider abzulegen und sich im Spiegel eine Weile ihrer nicht mehr staatlich verwalteten Barschaft zu versichern. Sie als selbstverständliches Eigentum zu empfinden erschien ihr erlernbar." (Morgner: *Trobadora*, S. 505)

In der Folge: Scheidungen und Patchwork leichter vorstellbar und umzusetzen. (?) „Vielleicht ist das die Emanzipation, daß Dinge, die früher zu Katastrophen geführt haben, heute kein Problem mehr sind. [...] Es hört sich alles so einfach an, aber es muß sich erst der große Sturm legen, der über einen hinwegrast, wenn man auf einmal alleine ist. Mensch dachte ich, zweiundzwanzig Jahre nie alleine gewesen, du wirst verrückt!" (Erika D., 41, Dramaturgie-Assistentin, geschieden, zwei Kinder, Protokoll von Maxie Wander)

Die zweite Tendenz klingt bei Erika schon an: Dass den Frauen – durch Gewohnheit über Generationen hinweg, durch die Wohnungspolitik, dann ab '89 die ökonomischen und politischen Entwicklungen in ihrer Schnelligkeit – die Kernfamilie umso wichtiger wurde, es undenkbar blieb, sie zu verlassen oder verlassen zu werden. Stress und Enttäuschungen der „Wende", die doch Befreiung sein sollte, beförderten die Orientierung nach innen, ins Heim, auf die Familie. Eine Chemielaborantin bei ORWO, dann GÖS (Gesellschaft für ökologische Sanierung) in den frühen 90ern (Behnk/Westerwelle, S. 69):

„Im Moment lebe ich nur in Familie. [...] Ich vermisse den großen Bekanntenkreis noch nicht, weil man vielleicht selber im Moment zu entwurzelt ist."

Tanja Bürgel 2012, S. 176 f.:
„[...] die Netzwerkstrukturen in der Nischenkultur und der Arbeitswelt zerfielen schnell, während die Familienverbände eine auffällige lebensweltliche Kontinuität sicherten, die in den Nachwendekrisen der 1990er Jahre eher gestärkt als geschwächt zu werden schien. Die plötzliche Entwertung lebensweltlicher Gewissheiten und alltagskultureller Normalität führte zu Orientierungskrisen, die häufig nur im Zusammenwirken der Familiengenerationen zu bewältigen waren."

Das Drängen auf ein eigenes Haus, mit hohen Zäunen drum und: endlich. sicher.
Das ist doch ganz normal, das ist doch ein quasi natürliches Bedürfnis, nicht? Das ist doch kein Schaden. Nein, stolz kann sie doch sein.

Bis heute wird der Stolz medial verstärkt, wenn von der emanzipierten Ost-Frau die Rede ist.
Ist das noch Kompensation,
weiß noch jemand, wofür?

Bestolzung. Und die Angst vor der Beschämung. Ekelhaft, Heldinnen zu sein. Wie wir. *Wir müssen zusammenhalten.*

Das hieß für mich: Sie durfte bei mir weinen, ich nachts mit ihr ziellos umherziehen, siebenjährig, achtjährig. Dürfen und Müssen – mein weibliches Privileg: verfrühter Einblick – eingeweiht – verschworen – Verantwortung oder: Liebe ist: Ich lade dir mein Leid auf den Bauch, und bist du stark, dann bin ich stolz. Aber psst!

„Sie haben nicht erzählt, wie es ausging mit der Lüge.“ Ich lenkte Frau Dr. N.s Blick auf das Glastischchen zwischen uns und die Digitaluhr darauf. Die Stunde war um. „Tja, Sie haben gewonnen“, sagte sie, ich ging, leider ohne jedes Triumphgefühl.

Liebe Frau N.,
es wächst Gras darüber, wie man so sagt. Oder es wird ein Kunstrasen drauf geschmissen. Dann gibt es Leute, für die ist das eben der Rasen. Weil nicht sein kann, was nicht sein darf, ist das der Rasen. Und zwar ein stinknormaler! Punktaus. Und andere kommen nicht darüber hinweg, dass es doch Plaste ist. Meine Mutter lernte einen Typen kennen. Von den Jahren davor war ab da nie mehr die Rede, vom Vater bekamen wir zu Anlässen Glückwunschkarten mit 50 Mark oder Euro drin. Meine Mutter und der Neue zogen zusammen in eine Reihenhaushälfte, mit Kris. Ich war bald volljährig und zog weg.

Das ehemalige Versorgungszentrum steht leicht erhöht auf einem Podest aus Beton, Treppenaufgänge und Schrägen führen hinauf. Die Post steht leer, ebenso der Zeitungskiosk, im schmalen Durchgang daneben keine rauchenden Teenager wie Ana und Franz vor langer Zeit. Im alten Konsum ist ein 1-Euro-Laden. Es sind kaum Menschen unterwegs. Der Besitzer des Döner-Imbiss' ist über Kundschaft mitten am Tage erfreut. Er sieht, wer hier nicht hergehört, scheint aber zu höflich, danach zu fragen. Gelingt es, die Schwere dieser Ruhe abzuschütteln, dann ist es schön an diesem Ort. Oder wenn man ihn nicht bloß von der Gegenwart her betrachtet.

Das Ensemble, vom Podest des Versorgungszentrums beschrieben: Im Hintergrund ragen die oberen Stockwerke der hohen Platten hervor; im Vordergrund sind vier für die Kleinstadt typischere Platten schräg zur Straße angeordnet, mit je vier Stockwerken niedrig und inzwischen grell bunt. Dass ich unsere nicht mehr erkenne, irritiert mich. Ich schwanke zwischen zweien und gehe weiter, ohne dass die Erinnerung entschieden hätte und ohne unter einen der unteren Balkone zu kriechen, nicht nur wegen der Blicke durch die Gardinen, die ich auf mir spüre. Die Erdgeschossfenster jedenfalls sind zu hoch gelegen, als dass ein Kind gut hineinklettern könnte. Rausspringen ja, mit etwas Mut, aber dann? Das hat sich Franz ~~bloß~~ ausgedacht, also gewünscht. Etwa einmal im Jahr mache ich Spaziergänge durch die Kleinstadt, und noch immer habe ich nicht alle Ecken wiedergesehen, in die die Erinnerung reicht. Ich bin dabei stets allein, weil es mir schwer vorstellbar ist, das mit jemandem zu teilen. Zu dringlich würde der Wunsch, darin erkannt und verstanden zu werden, wo ich doch weiß, er ist so unmöglich wie überflüssig. Dann lieber allein. Das ist der Grundvers des Schemas. Beziehungen zu Menschen gedeihen und verderben so, wie ich mit dem Maß des Entweder-Oder über sie entscheide. Sogar die Sehnsucht nach der Platte zerfällt in zwei Varianten: einmal die früheste Erinnerung an die warme und enge Gemeinschaft, die es hier gab für Franz und mich – und für viele, doch, das glaube ich –, so kurz sie auch währte; daneben die Phantasie vom Leben allein in einer Wohnung im Plattenbau in der städtischen Peripherie. Von sich aus kommt meine Phantasie nicht darauf, dass Menschen mal näher, mal weiter fort sein könnten, dass da viele interagieren, kommen und gehen könnten, durch eine Wohnung, ein Haus, ein Leben; dass es lebendig sein könnte. Zuverlässig verfällt sie auf Rückzugsorte.

Ana und ich saßen auf einer Bank vor dem Konzerthaus in der nächstgelegenen Stadt, die ich zwar meide; allein sein muss ich dort aber nicht zwingend, das städtische Gewusel verschiebt die inneren Bande ein Stück. Daher saß Ana neben mir auf der Bank, wir betrachteten das Wandbild der großen Fahnenträgerin, und ich las aus einer Broschüre vor, die ich aufgehoben habe: „Mit einem neuartigen elektrostatischen Beschichtungsverfahren, entwickelt für den industriellen Wohnungsbau, sind sehr haltbare Flächen auf 466 Sichtbetonplatten aufgebracht worden. Diese wurden auf den Flächen, die farbig werden sollten, mit

Klebstoff und Farbe grundiert und dann mit elektrostatisch aufgeladenem farbigem Glassplitt und geschrotetem Kork beschossen. Nur der rote Stern besteht aus roten Glasbrocken, die per Hand aufgebracht wurden. Die Bildmotive wurden grafisch auf Linien und Flächen reduziert."
Anmutig ist die Bewegung der linken Hand, die ins Bild einlädt, und kräftig der Griff ihrer rechten, die die Fahne hält. Ihr klarer Blick und die stolze Haltung drücken jene Gewissheit aus, die dem Kampf um die bessere Gesellschaft, der sich in Bildergruppen zusammengefasst hinter ihr abspielt, seinen Sinn gibt. Die Gewissheit macht die Figur schön, und mehr als alles andere historisch. Wie kann sie sicher sein? Fest in die Zukunft blicken und ungebeugt dahin gehen? Ana sagte, es mache sie traurig. Ich fragte, ob sie glaube, dass wir nur so empfinden, weil das Wandbild für uns Kindheitserinnerung ist. Denn wenn ich dort den Kopf in den Nacken lege, ist es ein Scharnier in die Vergangenheit, und das Kind, das ich war, ist ganz nah. Anders als in der Kleinstadt ist das sogar erträglich, ohne Scham, fast schön. Ana sagte, das sei nicht verallgemeinerbar. „Ein Großteil der Leute in unserem Alter war sicher für den Abriss." Das Bild sollte entfernt werden, das übliche Gezerre, doch mit unerwartetem Ausgang. Die Fahnenträgerin blieb und wurde restauriert. Außerdem, sagte Ana noch, sei ihre Kindheit nicht bloß Vergangenheit und generell kein Grund, ihre Haltungen und Argumente abzuwerten. Hinter unseren noch immer überstreckten Nacken zischte jemand im Vorbeigehen: „Da sitzen und glotzen! Wisst wo garni, was hier los war!?" Er ging aber weiter, ohne uns darüber aufzuklären.

Franz und ich kommen in diese Gegend nur für kurze Familientreffen in der Kleinstadt und immer getrennt. Zwangsläufig steigt man mit dem Zug in dieser Stadt um oder fährt mit dem Auto an ihr vorbei. Manchmal macht man vielleicht Halt. Allgemein bleiben wir aber auf Abstand zu diesen Orten und zueinander. Dass Ana mit mir einen Ausflug hierher machte, dass wir morgens hin und später am Abend nach Hause zurückfuhren, ganz ohne Anlass, fühlte sich nach Verrat an. Und so sprachen wir am Abend im Zug darüber, Franz von uns zu erzählen. Doch dazu kam es dann nicht mehr.

Hinter der Bank, auf der Kris und ich saßen, hat ein Eiscafé überlebt, das es schon in den 90ern gab. Das Eis war teuer, und es gehörte zum Luxus der Wochenendspaziergänge mit meinen Eltern in Dresden, an die ich gern denke. Einmal schwenkte ich mein Eis wie die Frau die Fahne, und es klatschte auf den Boden. Wlada, meine Mutter, schimpfte halbherzig, Harald brach in Gelächter aus.
Heute kommt mir diese Stadt so vor, als wolle sie solche Momente und Erinnerungen künstlich erzeugen, indem sie sonst alles überpinselt. Auf beiden Seiten der Elbe ist sie wie ein Spielzeugland, ist unaufrichtig, wenn man das von einem Ort sagen kann. Ein paar Meter Luftlinie hinter der Fahnenlady, auf dem Neumarkt, wird seit Jahren „Historisches" neu gebaut, das nie vorher da war. Ein gutes Stadtbild ist eines, das so aussieht wie vor 1945. Als Kris und ich zu Besuch waren, stand auf dem Platz die Skulptur eines syrischen Künstlers, zwei ausgebrannte Busse zur Barrikade umfunktioniert, ein sehr raumgreifendes Ding. Dreist, wo es auf diesem Platz doch um die deutsche Geschichte geht!
Wir standen nur kurz davor, und es wimmelte von Flüchen um uns herum, Verwünschungen im Vorbeigehen, Spucken sogar. Ich zog Kris weiter, doch es dauerte lange, bis sich ihr Gesicht wieder entkrampfte.
Auf der anderen Seite des Flusses meinten Franz und ich als Teenager, unsere Träume wiederzuerkennen. Besprühte Wände, besetzte Häuser, Punks in den Straßen, hier würden wir ohne Verstellung leben können, später. Nur war der Preis im Eisladen von damals ein Witz gegen die Preise in diesem Teil der Stadt heute. Das Alternative

ist noch da als Stil und kostet. Einen von den Punks erkenne ich wieder, er sieht noch exakt aus wie damals, nur grau und gequollen im Gesicht; er lebt auf der Straße.
Natürlich ist dieser Blick zu weitwinklig. Wenn ich heute in der Stadt bin und mit den Erinnerungen nicht zurechtkomme, spaziere ich in Ecken, die ich weniger gut kenne. Auf diese Weise gelingt es mir, dort zu sein, beinahe wie überall sonst. Franz aber war immer strikt dagegen, dass wir hier Konzerte spielen; sie ließ nicht mit sich reden, erklärte sich auch nicht. Auf dem Ausflug mit Kris hatte ich eine Karte gekauft, bedruckt mit dem Mosaik der Frau mit der roten Fahne, um sie Franz zu schicken. Doch das tat ich nie. Über diese Stadt gibt es mit ihr nicht das Geringste zu reden. Also behielt ich die Postkarte mit der unbeschriebenen Rückseite.
Ich lege sie auf Franz' Stapel. Sie scheint bleischwer. Wie sich das Sortieren und Arrangieren die meiste Zeit anfühlt. Zur Entlastung höre ich dabei Radio, oder das Radio hört mich. Von irgendwoher gibt es Stimmen wieder, die ich mir wünsche.

Jemand ist neu in unserer Gruppe, er sieht Artur ähnlich, oder nicht, ich weiß nicht, die Nase und die Mundwinkel sind es. Und gerade heute in der Gruppentherapiesitzung wurde uns die Aufgabe gestellt, zu benennen, was am Gegenüber uns an etwas erinnert oder eine Assoziation weckt, denn das spiele unterbewusst in jeder neuen Begegnung eine Rolle. Ausgerechnet dem Neuen wurde ich gegenübergestellt. Eins: Ich sagte, die Farbe seines Pullis lasse mich ans Mittagessen denken, heute gab es Spinat mit Stich ins Braun. Zwei: Alle rollten die Augen, wir kennen das Spiel. Das gehe so nicht, mahnte Frau N. – drei –, und die andere Therapeutin, die mir schon ganz gestohlen bleiben kann, versuchte, meinen Blick zu fixieren, aber nichts da. Später lud mich Frau N. zum Einzelgespräch und fragte, ob ich denn denke, so mache das Sinn, ob ich überhaupt hierbleiben wolle, es zwinge mich niemand. „Ich weiß", sagte sie, „Sie wollen selbst entscheiden. Dann tun Sie das aber auch!" Dazu hatte ich nichts mehr zu sagen, ging hinaus und fühlte mich mickriger denn je. Der Doppelgänger sah mich im Flur und fragte, ob alles in Ordnung sei. Nein, weil so herum ist es verkehrt!, dachte ich, „Klar", sagte ich und ließ ihn stehen. Nach einem Treffen mit meiner Familie vor ein paar Jahren saßen Artur und ich im Zug, wir waren noch nicht lange zusammen, und ich denke, es war das erste Mal, dass er mitgekommen war. Jedenfalls war es die Rückreise, der Zug fuhr an, Artur atmete auf und vergrub seine weichen Locken in meiner Halsbeuge. „Lass uns nie wieder hierhin fahren!", winselte er so halb ironisch. „Verdammter Kindskopf", sagte ich und drückte ihn an mich. So herum.

liebe kris, ich komme morgen raus. mist,
ich schaff das nicht allein. holst du mich ab?

Freies Radio

Nischen

Eine Hörspiel-Reise ins Fritz-Heckert-Gebiet in Chemnitz mit verstockter Begleitung und Unterstützung einiger Freund:innen.

Straßengeräusche, Wind, Technomusik aus der Ferne, immer langsamer, schließlich wie gezerrt.

[Erzählerin]: Sie trägt Ringelstrümpfe bis über die Knie und einen Rock, selbstgenäht ohne Maschine, aus Stoffresten eines Hoodies, der mal schwarz war, die Nähte aus starkem Faden, blau und grün. Mit einer Spraydose hat sie das A auf ihren Rucksack gesprüht. Nach all den Jahren stinkt es immer noch nach Lösungsmittel.

Vorige Geräuschkulisse in Zerrung hinterlegen.

[R.]: Ich hatte dann Klamotten aus alten Häusern, manchmal ziemliche Fetzen, mitgebracht.
[A.]: So Hippie-Punk-Hip-Hopperin-irgendwas.
[R.]: Ich hatte lange Haare halt und so ne Kindermotorradlederjacke an und manchmal sogar Lederhosen. Aber die waren nicht so bequem.

[Erzählerin]: Wir sitzen an der Straßenbahnhaltestelle. Eine Gruppe Jugendlicher kämpft mit Musik aus dem Smartphone gegen die Geräusche der vierspurigen Straße an. Meine Begleitung bin ich, 13-jährig. Sie ist keine gute Gesellschaft, verschanzt hinter einem Buch, kaum, dass sie einmal aufblickt. Das Buch macht manche Türen auf und gewisse andere zu, so gut es eben geht.

Geräuschkulisse aus.

[R.]: ... und ich mich eigentlich in irgendne Nische wünschte ...
[D.]: Cordjacket, Cordhose, Hemd, irgendwie ganz alternativ. Das war für mich so wie: Das große Versprechen liegt da drin.

[A.]: Teilweise hat mir meine Oma nachts die Sachen umgenäht und hat meine Löcher zugenäht, und ich bin früh aufgestanden und meine Hose war kürzer, weil, ich war so Hip-Hopperin, und ich hatte Baggyhosen, die hingen mir immer unten zerschlatzt so am Boden rum. Und dann hatte sie die abgeschnitten, dann waren das so Hochwasserhosen, woraus ich dann einen neuen Stil entwickelt habe, später.

[R.]: Na, ich hab ja noch in der Schule gesehen, vielleicht sogar noch in der Grundschule, dass es in unserer Schule richtige Gruftis gab, die so aussahen wie, hier, wie heißt der noch, Robert Smith, also übelste Fäden ... Und da gab's Hip-Hopper, die waren auch gut ausstaffiert mit weiten Hosen und komischen Wattejacken. Da war richtig ein Karneval der Subkulturen oder Jugendkulturen. Und Punks auch, die auf irgendwelchen alten Rädern, so 50er-Jahre-Rädern, durchs Heckert cruisten. Aber das verschwand dann halt immer mehr. Zumindest in meiner Wahrnehmung nahm es ab. Ich denke, das hat mit der Bevölkerungsentwicklung zu tun und auch mit den Machtverhältnissen im Stadtteil.

[Erzählerin]: Als die Bahn kommt, packt sie das Buch in den Rucksack, stöpselt sich stattdessen Kopfhörer ins Ohr. Ich weiß, im Dunkeln nimmt sie nur einen, nicht beide, sondern bloß einen, damit das andere Ohr hört, was kommt, ob wer kommt.

[R.]: Für mich war dann schon der Style die Bedrohung, also Bomberjacke und dann meistens die Nesquik-Schuhe, diese New Balance ...
[A.]: ... täglich. Politisch motivierte Überfälle oder so standen nicht in der Zeitung. Das war wie normal, und es war normal, dass es die gibt. Aber es stand nicht in der Zeitung: Heute ist ein Trupp Nazis ... hat das und das überfallen oder so.

[Erzählerin]: Überhaupt ist ihr Blick nie unaufmerksam. Die Beine in den Ringelstrümpfen kennen das Hakenschlagen, in die nächste Querstraße. Es sind ja auch die Beine eines Mädchens – aber das, denkt sie, falls sie je darüber nachdenkt, das ist so. Wie in Stein gemeißelt ist das so. Und nur fast so normal ist das andere Rennen, das obendrauf. Im Rucksack das Pfefferspray. Nie benutzt, aber da. Ich sage ihr, das braucht sie jetzt nicht, wenn sie mit mir unterwegs ist. Sie zieht die Augenbrauen hoch, wendet sich wieder ab und schaut zum Fenster hinaus.

[A.]: … dieser Zynismus, den ich ganz stark mit Chemnitz verbinde …

[Erzählerin]: Ich denke schon, dass sie nach Leuten mit Durchblick sucht. Doch es kann gut sein, dass meine Erinnerung das Kind verdeckt. Verlässlich ist sie nicht, die Erinnerung, dennoch muss sie gelten.

[A.]: Wenn man kleiner ist, kommt einem das ja alles größer vor.
[R.]: Ich weiß nicht, ob ich das jetzt überlager mit anderen Sachen.

[Erzählerin]: Sich zu erinnern an die Jugend in den 90er- und Nuller-Jahren im Osten hat noch spezifischere Probleme. Neonazis sind medial präsent, jetzt, im Rückblick. Sie gelten als ostdeutsches Exotikum. Die linken oder wenigstens nicht-rechten Jugendlichen, über sie wurde nicht berichtet, sie wurden nicht unterstützt, nicht von der Polizei geschützt. Das bleibt unabgegolten.

[A.]: Und das war auf jeden Fall immer so präsent. Also auch so ne Art von: Alle ducken sich. Obwohl man noch gar nichts weiß, diese ganzen Zusammenhänge noch nicht checkt, wusste ich immer: Ruhig an denen vorbeigehen, nichts sagen. Es war so total klar, von denen ging schon Gewalt aus, ohne dass du wusstest, was die gemacht haben oder was das für Leute sind.

[Erzählerin]: Es ist nicht zwingend von einzelnen Geschehnissen abhängig; vielleicht hat man nur einmal eine ins

Gesicht bekommen, wurde angespuckt, verfolgt, vielleicht nie. Die Möglichkeit war ständig gegeben.

[R.]: Es gab ne Phase, wo ich wirklich noch ziemlich jung war, im Teenager-Alter, und gehemmt war, rauszugehen aus der Wohnung abends, obwohl ich irgendwie Lust gehabt hätte.

[Erzählerin]: Dann ist der erste vorpolitische Schritt nicht das Lesen gesellschaftskritischer Texte, Nachdenken, Abwägen und Diskutieren mit anderen, um sich irgendwann zu positionieren (oder eben nicht). Sondern die Frontstellung ist etwas Gegebenes.

[A.]: Da wurde ich dann auch verfolgt, und da wurde ich auch ins Gesicht geschlagen, und da wurde ich die ganze Zeit auf dem Spielplatz, wo ich immer mit meinem kleinen Cousin hingehen musste, um auf den aufzupassen, krass drangsaliert. Da war für mich dann total klar: Okay, das ist die Gewalt, von der alle reden, das ist das Unmenschliche, das ist der Hass. Und dann habe ich für mich auch beschlossen, dass ich dagegen bin. Dass ich irgendwie links bin. Aber auch, bevor eigentlich ... Also richtig klar war das erst, als die mich zu dem gemacht haben. Vielleicht war ich das vorher schon gewissermaßen, auch durch meine Familie, aber erst in dem Moment, wo die mir gesagt haben, dass ich die Feindin bin ...

[D.]: Ich hab diese Worte damals sicherlich im Mund geführt: von etwas Höherwertigem. Es hat mir Spaß gemacht, diese Rhetorik anzuschlagen, es hat mir Spaß gemacht, mich zu erleben als jemanden, der das sagt. Also, der Großteil der Nazis, die wir sehen, das hat gar nichts mit Jugend zu tun, sondern das ist der Spaß oder nicht Spaß, sondern dieses Sich-selbst-Erfahren als jemand, der sich im Rhetorischen die Kontrolle aneignen kann, der dort seine Handlungsfähigkeit ausleben kann. Und ich hab das auch gesucht. Aber wie gesagt, Identifikationsangebote fanden halt nicht so viel statt, die waren im Raum nicht vorhanden, außer diesen unpassenden, von denen ich mir dann was ausgesucht hab, was mir in diesem Grundbedürfnis nach so nem Expressiven, Überhöhten was gegeben hat.

[Erzählerin]: Mein 13-jähriges Ich ist mit mir nach Chemnitz gefahren, die Straßenbahn bringt uns ins Heckert-Gebiet, einst das drittgrößte Neubaugebiet der DDR. Bisher schlurft sie mit mir mit, wie eine Teenagerin das mit einer Erwachsenen eben tut, immer mit der Frage im Gesicht, was das hier für einen Sinn hat. Ich recherchiere, denke ich, ich denke über Zustände nach und gehe ihnen nach, mit meinem Körper. Aber es ist nicht so, dass mich ihre Frage kalt lässt.

Zu den vorherrschenden Erzählungen über die Zeit meiner Jugend gehört auch, dass ab der Wende eigentlich nicht mehr von Sub-, also Gegenkulturen gesprochen werden kann, darin ist sich die Kulturforschung recht einig. Ehemals subkulturelle Strömungen wurden kommerziell aufgefangen, breiteten sich aus und glichen sich dabei global immer stärker an, wurden zunehmend institutionell unterstützt und gefördert. Nur wird zweierlei in diesen Thesen nicht erfasst. Sie anerkennen nicht, wie gefährdet migrantisierte Jugendliche und bestimmte Jugendmilieus durch rechte Strukturen in einigen Teilen der „Neuen Bundesländer“ waren. Und dass für sie, bei aller Globalisierung der Codes, der Musik, Kleidung, Medien, diese vermeintlichen Oberflächenphänomene reell gefährlich sein konnten. Außerdem scheinen Geschlechterstrukturen für die jugendkulturelle Forschung zur Nachwendezeit kaum je eine Rolle zu spielen – häufig wird eine „abnehmende Relevanz“ von Geschlecht statuiert und dann nicht weiter untersucht.

Diese Nicht-Anerkennung schreibt die gesellschaftlichen Verhältnisse der 90er- und Nuller-Jahre fort: Erstens die Ignoranz einer vermeintlichen politischen Mitte, die das Problem auf die Extreme am Rand schiebt und oft immer noch lieber auf die mit den bunten Haaren zeigt – die fordern das doch geradezu heraus!

[A.]: Im Verhältnis von mir zu denen: Die sind auf ne normale Schule gegangen, die sahen irgendwie adrett gekleidet aus, mit nem guten Jungshaarschnitt. Und das waren ordentliche Jungs.

[Erzählerin]: Zweitens die Ignoranz gegenüber Geschlechterstrukturen, die nicht nur im alpha-männlichen Neonazismus griffen. Politische Kräfte konnten sich darin erschöpfen, beides wieder und wieder als reale Widerstände und Konflikte zu beweisen. Oder nur eines von beiden. Das, was dringlicher war. Dringlicher war zweifelsohne: die offene Gewalt, der Kampf gegen Nazis, von dem die Mehrheit nichts wissen wollte.

Geräuschkulisse vom Beginn (Straßenlärm, Technomusik), vom verlangsamten Tempo in erhöhtes Tempo übergehen, nach 2 Sek. darüber: melancholisches, langsames Spiel einer Zimmerorgel, abrupt aus.

[Erzählerin]: Wir steigen aus der Bahn, und jetzt erst fällt mir auf, was sie so gekonnt verbergen kann. Sie ist sehr wohl aufgeregt – immerhin sind wir Provinzlerinnen in einer Großstadt. An ihr klimpert es überall, sie hat sich mit Nieten, Sicherheitsnadeln und so Zeugs herausgeputzt, die Großstadt ist ihr Freifahrtschein. Vielleicht.

Übereinander gelagert:

[A.]: Ich war einsam in Chemnitz.
[R.]: Irgendwie war's auch einsam um mich, ich kam nicht so richtig raus manchmal.
[D.]: Ich war in meiner Jugend relativ isoliert.

[Erzählerin]: Sie sagt, die Platten finde sie eigentlich toll, das gebe ihr so ein Gefühl ... „Das Einfamilienhaus, in das wir gezogen sind, finde ich öde, und außerdem haben wir jetzt einen Haufen Schulden, wegen dem Kredit. Und immer ist Streit."
In den frühen 1990ern lebten 40 Prozent der Chemnitzer unter 20-Jährigen im Heckert-Gebiet.

[D.]: Ich hab da ein ganz bestimmtes Bild, ein räumliches Bild vor mir, wenn wir in unserem Trabant saßen und den Südring runtergefahren sind von der höchsten Kuppe, und wir über das ganze Heckert-Gebiet drüberschauen konnten. Und das war immer so ein Gefühl wie: Wow! Hier wohnen Leute, und es ist eine Stadt, und die ist irgendwie großartig! Und überhaupt, diese ganze Kindheit im Heckert-Gebiet, das war ... Natürlich ist da immer was Romantisierendes dabei, aber ich kann ohne Zweifel sagen, diese Konstellation aus: Da sind junge Familien angesiedelt worden, bzw. die hatten die Vorrechte auf diese Wohnungen und haben Kinder bekommen, es war halt ein Kinderparadies. Man hatte riesige Flächen, wo man spielen konnte. Das brodelte so! Dass da Jugend und Kinder waren, dass da im Winter Schlitten gefahren wurde, massenhaft, die Berge waren braun am Ende. Es waren überall Trampelpfade, die Wege wurden teilweise von Leuten so mit Teppichen ausgelegt. Also, es war halt sehr aktiv, es war ein aktives Leben dort, und die Räume wurden aktiv angeeignet.

[Erzählerin]: Das muss sich mit der Wiedervereinigung zunächst intensiviert haben, denn ein breites Spektrum an jugendlichen Ausdrucksformen, die auch die veränderte sozioökonomische Realität spiegelten und ausagierten, trat hinzu.

[D.]: Auf einmal gab's Skater, Sprayer – und Faschos, klar. Aber auch Techno-Fans und ... Es gab auf einmal alles, und es war sehr grell. Und es wurde gefährlicher durch die Faschos, relativ klar konnte man das benennen, dass diese Konfrontationslinien zwischen den Jugendmilieus, die verliefen halt eindeutig zwischen nicht-rechten und rechten Jugendmilieus. Das merkte ich auch als Kind, dass diese Unbeschwertheit des DDR-Heckert vorbei war. Dass es aufregender wurde und gefährlicher.

[Erzählerin]: Mit der Zeit wurden die Rechten tonangebend.

[A.]: Ich erinnere mich auch noch daran, dass, wenn man an der Haltestelle ausgestiegen ist, ich glaube, es war die Endhaltestelle, da hingen immer Nazis rum. Und es war so: In diesen drei Haltestellenbereichen auszusteigen ist richtig scheiße, aber wenn man vor dem Berg aussteigt, dann muss man voll weit laufen. Deswegen war klar: Du steigst aus der Bahn aus, und du nimmst dein Skateboard, und du rennst schon los. Das war sehr häufig so, dass dir Leute hinterhergerannt sind, ich glaube, um zu erschrecken. Mich persönlich oder Leute, mit denen ich unterwegs war, hat es nicht getroffen, zum Glück. Aber da erinnere ich mich noch voll dran, dass das so ein Spießrutenlauf war.

[Erzählerin]: „Wie der Bahnhof in der Kleinstadt", sagen das Mädchen und ich unisono. Da wurde abgefangen. Sie hing da trotzdem rum, mit einer kleinen Gruppe anderer Mädchen, die versuchten, sich durch Raumeinnahme und Rauchen Respekt zu verschaffen. Wenn die Skinheads kamen, versteckten sie sich. Einmal warteten sie, bis die im Zug waren, rannten dann aus dem Versteck und pressten ihre Mittelfinger an die Scheibe. Sie hatte Wahnsinns-Adrenalin dabei. Ich frage sie danach, sie guckt nur uneindeutig, etwas verschämt, will ich glauben. Ein bisschen misstraut sie diesem Schub von Angst vielleicht bereits, der sich in sinnlose und doch riskante symbolische Aktion wandelt als verfügbare Kraft. Oder ich möchte es nur gern so.

In einem Interview mit einem Stadtteilmanager heißt es zur Stimmung im Heckert-Gebiet heute: „Vor allem Ruhe, Ordnung, Sicherheit stehen im Fokus vieler Bürger. Das ist insofern verständlich, da eine Lärmentwicklung an den Gebäuden nach oben schallt. Der Block nimmt im Prinzip alles auf, wie in einem Konzertsaal."

[R.]: ... weil mir das eigentlich Angst machte, wenn ich „Ausländer-Raus"-Rufe hörte am Abend. Das war nicht so unüblich, dass da abends noch mal jemand vorbeilief am Haus und „Ausländer raus" gerufen hat. Ich vermute, das war ins ganze Platten... in die ganze Welt gerufen.

[Erzählerin]: Warum funktionierte das im Plattenbaugebiet so gut? Ab Mitte der 90er zogen immer mehr Menschen aus dem Heckert weg. Die Altbausanierungen in anderen Stadtteilen und der Neubau von Einfamilienhaus-Siedlungen am Stadtrand zogen diejenigen an, die im Begriff des Aufstiegs waren – auf symbolischer Ebene war das auch eine Anpassung an westliche Lebensstandards. Die heute allgegenwärtige Entmischung zeichnete sich im Fritz-Heckert schon damals ganz deutlich ab, wie in allen ehemaligen DDR-Großwohnsiedlungen. Ein Leerstand von über 40 Prozent war dort bald die Regel. Dann folgten die Abrisse. Zurück blieben vermehrt ärmere und wenig mobile Bewohnerinnen.
Für linke oder alternative Jugendliche zielte die Abkehr vom Plattenbau noch in eine andere Richtung. Ging

es ihnen doch gerade darum, sich gegen die gehabte bürgerliche Ordnung zu stemmen, die nicht zuletzt den Neonazismus deckelte und an seiner Normalisierung mitwirkte. Der verfallene Altbau in der Innenstadt, die Industrieruine boten mehr symbolischen Abstieg als die genormte Wohnanlage mit ihrem Komfort – und realiter waren sie Lücken, die mehr Möglichkeiten der Gestaltung offenhielten.

Jedenfalls:
[R.]: Alle Subkultur, da musste ich in andere Stadtteile.

Spiel auf einem Xylophon: Adaption von „In der Kneipe zur trockenen Kehle“ von Schleim-Keim, im Hintergrund weiter laufen lassen:

[Erzählerin]: Schlussfolgernd aus ihrer Erinnerungsarbeit mit Frauen seit den 70er-Jahren schreibt Frigga Haug von der Tendenz, Unvereinbares aus der Erinnerung zu löschen. Es ist, so Haug, ein „Versuch [...], im Widerspruch Eindeutigkeit zu behaupten und in dieser Weise Handlungsfähigkeit zu erlangen.“
Handlungsfähigkeit – etwa indem ein Innen klar gegen ein feindliches Außen erinnert und erzählt wird, sodass die Richtung einer Befreiung unmissverständlich scheint. Wenn meine Begleiterin spricht, kriegt sie die Zähne kaum auseinander, ist einsilbig, die Worte sind wie hingespuckt – und sie spuckt wirklich in der Gegend herum. Das kann ich ja nun gar nicht haben. Natürlich, sie ist 13, eine Pubertierende. Aber ist da nicht doch

etwas heftig Raues, Hartes an ihr? Behält sie sich alles Schöne für eine Innenwelt vor, der außen nichts entspricht? Wie soll sie das einmal wieder verlernen? „Krieg dich ein", sagt sie.

Xylophonspiel stoppt, das Instrument fällt scheppernd auf den Boden.

Ein Tunnelblick ist das. Was kann sie dafür? Was sie als Alltag begreift: die Angst vor Neonazis, die Erwartung frauenverachtender Sprüche von denen oder anderen, das ist ja übergreifend Usus. „Titten raus, ist Frühling!" – das überhört sie nur scheinbar, aber das Wort Sexismus hat sie wirklich noch nie gehört. Dafür kennt sie Scheidungskämpfe, zerstrittene Familien, Kloppe. Und natürlich ist das nicht alles. Wo Schatten, da auch Licht, sicher. Trotzdem: In der Tendenz kommt es so zusammen – nämlich zusammen mit einem Schweigen der Erwachsenen über all dies –, dass ihre Träume außen nur Halt finden, solange sie mit dem Weggehen verbunden sind, irgendwohin. Schlupflöcher und Nischen suchen. Und dass sie diese Nischen idealisiert und überhöht, wie sie umgekehrt die Nachwendegesellschaft, die sie nicht so nennt, vollständig verteufelt. Dass sie lernen müsste, Brüche anzunehmen, Kämpfe aufzunehmen. Eine Großstadt macht dafür mehr Angebote, und noch dazu war Chemnitz einmal das Mekka der Nischen, der Träume von Räumen, in denen eine andere Gemeinschaft möglich würde. Auch deshalb sind wir hier. „Du bist deshalb hier", berichtigt sie mich und will weg.

[D.]: Und eines Tages wollten sie zur Annaberger Kät in Annaberg-Buchholz, das ist die größte Kirmes vom Erzgebirge, und da bin ich dann mitgefahren, und das war für mich ein Ereignis von heilsamer Wirkung. Die Zustände, die da herrschten auf dieser Kirmes waren ... Ja, die haben eigentlich ne Entscheidung erzwungen. Es war so dumpf gewesen und so tumb. Es waren halt wirklich Nazis. Es war für mich so, dass ich sagte: Nee, da gehör ich nicht hin, das ist mir nix. Auf jeden Fall bin ich biographisch gesehen froh, dass in dem Moment dieses Identifikationsangebot vollkommen gescheitert ist. Ich hab gemerkt, ich muss mich hier verstellen. Ich hab gemerkt, dass dieses Pathos nichts Leichtes hat, dass es nicht ironisch ist – danach hab ich irgendwie gesucht, so ne Art Pathos für Hemdsärmelige, und dort war aber nur was anderes zu finden, was zugeschnitten war auf nen männlichen, kräftigen Typus und nicht auf jemand, der eigentlich gebrochen ist oder Gebrochenes sucht. Und da hab ich dann abgelassen. Das fiel mir aber in dem Moment leicht, weil sich gleichzeitig am Gymnasium endlich ne Gruppe für mich erschlossen hatte aus durchhängenden Jungs, die kifften und Reggaemusik hörten und sich gegenseitig versicherten: Sei schwach, bei uns kannst du's sein, und du wirst nicht dafür bestraft, wir geben uns gegenseitig Halt. Und das war eigentlich die Grundlage dafür, dass ich mich auch von der Suche nach dieser vermeintlichen Stärke lossagen konnte.

[Erzählerin]: Ich denke, ich passe generell nicht in Gruppen. Sie denkt das auch. Was sie sich nicht einmal vorstellen kann: Dass sich in einer Gruppe von Menschen, die doch gemeinsame Ziele haben, dennoch gestritten werden könnte. Außen sieht sie so schwarz, dass ein innerer Kreis reibungslos gleichgesinnt sein müsste. Eigentlich klingt das entsetzlich.

[A.]: Ich bin dann sehr häufig ins Voxxx gegangen, auf dem Kaßberg war das, eine alte Fabrik, wo Filme gezeigt wurden, es ne Galerie gab. Das war aber eher so alternativ, weil ich ja auch elektronische Musik und Hip-Hop und so was gehört habe – und Dancehall *[lacht]*. Und da ist mir auch aufgefallen, dass diese Dancehall-Musik so krass sexistisch ist. Und obwohl ich noch nicht so viel von Feminismus wusste, hab ich das Gefühl gehabt, wenn mehrere Männer im Raum laut grölend mitsingen bei „she's a whore, she's a whore" oder „burn, battiman, burn" – und irgendwann hat mir jemand gesagt, battiman ist ein schwuler Mann – und alle das so mitsingen, und das war alles eher schon alternativ und entstammte auch so ner oppositionellen Kunstszene in der DDR aus Chemnitz, da ist mir klargeworden: Ne, irgendwie stimmt hier was nicht. Da hab ich auf jeden Fall angefangen, mit Leuten drüber zu reden. Ich war ja auch immer im AJZ und bin zu Konzerten gegangen, aber ich hatte da noch nicht so richtig einen festen Freundeskreis. Ich kannte halt so vereinzelt Leute. Und ich hab aber immer das Gefühl gehabt, entweder im Voxxx oder im AJZ, dass ... Na, ich war immer so dazwischen. So richtig befreundet war ich auch mit niemandem oder hatte so feste Gruppen, und hatte auch da immer das Gefühl, dass so schreckliches frauenverachtendes Zeug lief. Und – der Klassiker – ich hatte ganz lange diese Angst, das zu problematisieren, weil man dann auch selber so uncool wird. Man spürt ja schon, dass es den meisten ausreicht, zu sagen: Ja, das ist doch nur Ironie oder so, und dann haben sie es abgehakt. Wenn dann wirklich jemand was sagt, dann ist man so ernst und ne uncoole Person, und als Frau schon sowieso.

[D.]: In diesem Indie-Club – für mich war das als 18-, 19-Jähriger, als ich dort zum ersten Mal abhing, so wie: Wow! Also diese Leute, die haben die Revolution! Für sich! Die reden gerade drüber, so wie die da am Tresen stehen und das Bier trinken. Und dieses Raunen, dieses bärtige Raunen – also das ist auch sehr männlich konnotiert. Die, die das so nach außen trugen als Distinktion, das waren immer Männer. Aber dieses bärtige Raunen, da dachte ich immer: Da wird grad sonst was besprochen, hier werden permanent die gesellschaftlichen Verhältnisse im Denken umgeworfen, und man überlegt sich, wie man sich dazu verhält und wie beschissen das alles da draußen ist, und dass man sich hier drinnen irgendwie dagegen stemmt. Und als ich mich dann zweidrei Jahre später in dieser Macher-Szenerie wiederfand, sah und hörte ich ja, worum es da wirklich ging. Es war banal und selbstgefällig; diese Leute wollten überhaupt nicht, dass sich etwas ändert. Da wurde dann eher hämisch gelacht, wenn jemand ein ernsthaftes Anliegen hatte. Und zunächst hab ich mich damit beschieden, irgendwann geriet das aber zu nem Widerspruch, der für mich nicht mehr aufzulösen war, und das spiegelte sich dann in ner Abkehr von diesem ganzen Szeneriemoment. Wir haben dann ne eigene Szene gegründet.

[Erzählerin]: Aber alternative und linke Räume waren rar in dieser Zeit, es war anstrengend, sie überhaupt zu betreiben, und die Leute dort waren dankbar dafür, dass es sie gab.

[A.]: Und da zwischendrin war aber auch immer diese krasse Repression der Verhältnisse. Ich erinnere mich auch daran, dass es am Ende des Tages, wenn es darum ging – es wurden ja diese Orte öfter mal überfallen, und wenn es darum ging, dass ... Zum Beispiel: Alle müssen mit dem Fahrrad jetzt zum B-Hof fahren und das verteidigen, weil der B-Hof überfallen wird. Und das hat dann irgendwie alle geschweißt. Oder auch im AJZ gab's diese Situationen, deswegen war dieser Zusammenhalt auch so wichtig, dass dann wirklich alle Alternativen, sag ich jetzt mal, die irgendwie im Entferntesten damit zu tun haben, dann auch mit in den Situationen am Start sind.

[Erzählerin]: Ich erkläre es mir so, dass Konflikte innerhalb einer Gruppe in einer Situation äußeren Drucks umso schwerer auszuhalten, auszutragen sind – und dass es schwer ist, von ihnen zu erzählen. Es sich anfühlt wie Verrat.

[A.]: Auch in der AntiRa-Gruppe waren halt übelst viele Männer, die die ganze Zeit geredet haben, und ich hab mich da einfach nicht wohlgefühlt. Und ich hab irgendwann mal einen Text geschrieben und im AJZ ausgelegt zu – ich glaube, es war zur Musik von MOR, aber ich bin mir nicht sicher. Weil das eh son Thema war für mich, auch im Voxxx, und ich dachte, jetzt mach ich das mal. Der Text war jetzt nicht besonders analytisch, aber dass das halt frauenfeindlich ist. Ich hatte bis dahin keinerlei feministische Bücher und wusste auch nicht, wo ich die herbekommen sollte. Aber ich wusste irgendwie, das finde ich nicht cool, weil ich auch die ganze Zeit gemerkt hab – ich hab auch gesprüht –, man wird einfach nicht ernst genommen.

[Erzählerin]: Meine Begleiterin hängt an A.s Lippen. Sie findet sie maßlos cool. A. erzählt weiter, dass einer aus dem AJZ mit ihr über den Text sprechen wollte, den sie kurzerhand allein geschrieben, kopiert und im Zentrum ausgelegt hatte:

[A.]: Ich solle mal zu ihm kommen in sein Büro vom Mediencafé im AJZ, und der hat mir dann die Rechtschreibfehler angekreuzt an meinem Text. Da waren halt tausend Fehler drin, und dann hat er die halt angekreuzt und hat mir gesagt: Na, so einen Text, das kannste nicht machen. Und hat kein Stück Bezug genommen auf den Inhalt. Von den Hip-Hop-Leuten, Breakdance- und Graffiti-Typen, die da waren, war auch klar, dass die sich da eigentlich nur drüber lustig gemacht haben. Das hab ich dann mitbekommen, also man geht an denen vorüber, und die tuscheln. Teilweise unverhohlen, teilweise subtiler zeigen sie dir, dass sie das lächerlich finden. Und keiner, keiner von den Leuten hat mit mir darüber geredet, tatsächlich.

[D.]: Es hatte sich mittlerweile ein Konglomerat von Freundeskreisen entwickelt, die dann nicht mehr diese Räume benötigten, sondern sich ihre eigenen Räume, u. a. durch ne Hausbesetzung, ergründet hatten. Also das war genau dieser Moment von …, dass ich sozusagen dieser Suggestion, die ja wirklich real ist, auf den Leim gegangen bin und aber daraus hervorgegangen bin mit: Okay, jetzt geht es aber darum, das wirklich zu machen. Es soll halt nicht nur so aussehen, sondern es soll auch wirklich werden. Und das ist eigentlich das, woran ich immer noch hänge.

[A.]: Und dann hab ich glücklicherweise S. und N. getroffen, und dann haben wir ja die Radiostation gemacht, ne feministische Radiostation, und haben uns darüber ausgetauscht und auch mehr gelesen, zum Beispiel Roswitha Scholz. Dann hat das angefangen, dass ich mit den Frauen ... Die waren auch so dazwischen, dieses Außenseitertum ... Wir haben uns dann so gefunden. Und da, würde ich sagen, nahm alles Fahrt auf. Ich hab J. kennengelernt, J. und ich haben ein DJ-Team gegründet. Wir haben dann so gesagt: Scheiß drauf, ist doch scheißegal, was wir auflegen, wir legen jetzt auf! Und wir verdrängen die Jungs jetzt! Und wir sind laut! Wir waren auch sehr pöbelig. Dieses jahrelange Gefühl der Einsamkeit und auch dieses Belächelt Werden darüber, wie man sich geäußert hat, wenn man sich schon mal geäußert hat – das haben wir ab dem Punkt mit einem Schlag sozusagen an Aggression zurückgegeben, sei es musikalisch, wir hatten ja auch ne kleine Band, und ... Wir waren total pöbelig. Wir haben nur noch rumgepöbelt eigentlich, in meiner Erinnerung. Ich glaube, das war dieses zweischneidige Schwert der Selbstermächtigung, dass auch das ne Art von Isolation war, weil wir dann wirklich in Chemnitz so unser eigenes Ding gemacht haben.

Freies, melancholisches, langsames Spiel der Zimmerorgel, 10 Sek. laufen lassen, dann mit den ersten Sätzen des Folgenden ausfaden.

[Erzählerin]: Mein pädagogisches Programm ist: brüchige Vorbilder anbieten. Ich wünsche ihr Streit, Sinn für Widersprüche. Den Mut und die Wut, sich gegen die Mauer zwischen Drinnen und Draußen zu werfen.

Mit dem Stadtumbau Ost verschwanden große Teile des Heckert-Ensembles. Nicht eine unter anderen, sondern genau diese Architektur war es, die zu verschwinden hatte.
Ab Mitte der 2000er gab es hier keine Jugendszenen mehr und auch immer weniger Jugend. Auch die Faschos waren nicht mehr so sichtbar. Heute ist bekannt, dass der NSU in eben diesen Jahren hier seine Strukturen und Unterschlüpfe hatte. Es war ein falscher Frieden, als die offenen Auseinandersetzungen auf der Straße aufhörten. Eine Konsolidierung.

Das Mädchen – es ist weg, nuschelte immerhin „Danke. Ciao" und sprang in die Straßenbahn, einfach so. Sie ist 13. Zum Glück tut sie nicht immer, was man ihr sagt.
So lässt sie mich stehen im Unterführungs-Tunnelsystem unter der Stollberger Straße Ecke Südring. Super-urban, aber niemand da. Unter dem Pflaster. Niemand da.
Ihren Discman hat sie vergessen oder mir gelassen. Ich drücke auf Play.

Xylophon und Zimmerorgel spielen (stümperisch) die Melodie von „Schlohweißer Tag" von Silly, 6 Sek. laufen lassen, dann weiter im Hintergrund:

Der Tunnel wird zu einem exklusiven Konzertsaal, denn in ihm hallen die Töne aus dem zweiten Kopfhörerstöpsel wider, den ich nicht trage. Ich trage nur einen, damit ich höre, was kommt. Was da ist. Sie ist weg.

Instrumente weiter, Erzählerin singt stockend:

Die Neonröhre
Röhrt leis dazu
Nur ich nur ich und du

III. Neuland

Eine Schönheit, die nur nachts geliebt wird
Ist am Tag ein Gesicht voller Schrammen
Deren Blick die Nacht entflammt
Von der Sonne unerkannt

Zeilen eines Liedes aus Franz' Sammlung; der Gesang zieht mit dem Rauch meiner Zigarette aus dem Fenster in den Hinterhof. Ich fühle den Sog von Schlaf. Doch es ist Tag, gegen Mittag, die Kalimba des Liedes und die Klingel der Wohnungstür werden kurz ununterscheidbar, bevor sie scharf auseinanderfallen und ich mechanisch zur Tür gehe. Zwischen offenem Fenster und offener Tür entsteht ein Luftzug, der mir und dem Postboten die Haare zu Berge stehen lässt. Der Bote reicht mir ein Einschreiben und einen Stift. „Frau Rupp? Sie sahen aber kürzlich noch ganz anders aus." Da muss ich lachen. „Ne Schwester, wa?" – „Ja, richtig." – „Hätt ick nich gedacht." Ich verabschiede mich, noch immer lachend, dann reißt mir die Zugluft die Tür aus der Hand, sie knallt, ich zucke zusammen. Habe ich Franz geweckt? Ich lege mein Ohr an die dünne Wand zu ihrem Schlafzimmer. Kein Laut dringt heraus. Frühlingsluft füllt die Wohnung, die Musik hat die Nächte hinter sich gelassen und spielt nun beschwingt. Während mein Telefon brummt, ich wieder nicht antworte, die Sonne einfällt, sehe ich mich um. Vieles ist getan. Der Geschirrberg abgetragen, auch der Schimmel aus dem Kühlschrank, Pflanzenreste sind gerettet und umgetopft, Arturs Sachen in einem Koffer, die Flaschen im Container. Das Tageslicht müsste den Rest tun, doch etwas hält hier aus und schabt.

Vor etwa einer Woche, während sie mit dem Schrubber einen schwerfälligen Tanz vollführte, begann Franz, von dem Tag zu sprechen, der den Ausschlag gegeben hatte. Sie sei nach Hause gekommen, matt wie an den meisten Abenden, habe sich aufs Bett gesetzt – und sich von dort eine Stunde, zwei Stunden nicht wegbewegen können. Sie sei hungrig gewesen und doch nicht in der Lage, zu kochen, aufzustehen, auch nur einen Finger zu rühren. Es sei schon dunkel geworden, und noch immer habe sie da gesessen wie aus Stein. Dann sei „der Schalter gekippt“, so sagte sie es, und weiter: „Licht, so hell, dass es wehtat in den Augen, und ein mörderisches Fiepen in meinen Ohren, dem ganzen Kopf. Ich schoss auf die Beine und an die Wand, goss Wodka in mich rein und rannte in die Nacht. Ich tanzte im all/most, bis ein Security kam und sagte, jetzt ist Schluss, ich holte aus, merkte in dem Moment erst die Schulter, ließ den Arm fallen, da hatte der Typ mich schon am anderen Arm gepackt, zack stand ich wieder draußen und heulte vor Schmerzen, andere trotteten zur Arbeit und guckten mies.“
Franz’ Schulter war angebrochen. Nachdem sie vom Arzt gekommen war, rief sie beim sozialpsychiatrischen Dienst an, ein paar Tage später stand sie auf der Warteliste der Klinik.
Fest schlossen sich ihre Finger um den Mopp, wanden ihn, als ginge es um den letzten Tropfen, während ihr Gesicht keine Rührung zeigte. Der Rest des Körpers war Spannung, das Wasser dunkel. Sie hielt inne, ließ den Lappen zu Boden fallen, richtete sich auf und sah hinab, setzte eine Fußspitze an den Rand des Eimers. Ein paar lange Sekunden stand sie so, bevor sie aufsah,

mir direkt in die Augen: „Schau mich nicht an wie einen Psycho." Sie ging ins Bad, um das Wasser zu wechseln und wischte weiter. Später, als der Boden trocken war, entschuldigte sie sich für ihr „Rumgeklapse", das sie benutze, um aus Situationen rauszukommen. In der Klinik habe sie sich ständig wehren müssen gegen die „Analysiererei", die Behauptungen, sie habe sich selbst wehtun wollen, anstatt – sie schlug die Hände in die Luft –, „ja, anstatt der Wand eben." Und dann sei sie darauf gekommen, dass zumindest die Mitpatient:innen von ihr abließen, wenn sie halb-bedrohlich *rumklapste*. „Jetzt kennst du ein Geheimnis!", zwinkerte sie. Es sei gut, dass ich hier bin, sagte sie noch. Ich weiß nicht.
Hier. Sind die Tapetenfasern des Wandvorsprungs an einer Stelle abgeschubbert und tragen ganz feine, rötliche Striemen von Franz' roter Jeansjacke. Ich überlege, entweder ein Möbelstück davor zu stellen oder einen Bilderrahmen darum zu hängen. Nichts weiter hat sie mir erzählt. Bei Fragen zuckt sie mit der unbeschadeten Schulter, mal müde, mal genervt und angriffslustig. Frage ich nicht, ist sie fast sanft, dankbar. Das ist schön, aber eben nur die halbe Wahrheit.
So ist es seit zwei Wochen. Seit zwei Wochen ist sie zurück in ihrer Wohnung, ich bin bei ihr und antworte nicht auf Anrufe meiner Freund:innen von zu Hause. Franz wohnt allein, doch meistens war Artur hier gewesen, und ohnehin hatte sie ständig Besuch. Franz' Erinnerung an laute Zeiten tobt noch durch die Küche, auch wenn unsere Tage hier ruhig scheinen. In mir ist es wie ein Echo zwischen den Wänden, ich kämpfe mich durch die Tage, was leichter ist, seit ich gebraucht werde. Halte mich an

den Frühling und tappe in ihr Zimmer, wo Staub in einer Lichtsäule glitzert, wecke Franz behutsam, die mit geschlossenen Augen sagt: „Du bist ja noch da."

Und dann lange nichts mehr. Eine weitere Woche ist vergangen, und inzwischen spricht sie kaum noch. Im Aufwachen hatte sie meine Wange gestreichelt, und ich, kniend vor ihrem Bett, hatte meinen Kopf neben ihren gelegt. Das ging nur gut für den kurzen Moment der Überraschung, der dich erwischen kann wie eine Person ohne Gedächtnis, dann kommt das Zucken, in meinen Zehen zuerst. Da rutschte auch Franz schon wieder ein Stück weg, und ich stand auf. Seither spreizt sich die Stille in jede Ecke des Alltags. Dass Franz schweigt, vertauscht unsere Rollen und droht, mich aus dem Rest meiner Fassung zu bringen. Mit Erledigungen versuche ich, die Geländer zu halten. Ich kaufe für uns beide ein. Ich gehe in den Waschsalon. Ich kümmere mich. Ich finde einen Hausarzt, der mir meine eigenen Psychopharmaka verschreibt, und hole die von Franz aus der Apotheke, im Zweifel, ob sie sie nimmt, ob das gut wäre oder nicht. Ich verschiebe den Versuch, meine eigenen Mittel abzusetzen, da ausnahmslos alle Ärzt:innen raten, einen solchen Schritt nur „in einer stabilen Lebenslage und wenn ein stabiles Umfeld gegeben ist" zu unternehmen, und das hat sich so leider noch nie ergeben. Ich doziere vor mich hin, dass diese Gründe, Medikamente nicht absetzen zu können, auch eine Art von Abhängigkeit schaffen würden, die nirgends erfasst sei, indessen heiße es überall, Antidepressiva machten ganz gewiss nicht abhängig; hierin zeige sich, dass die eigentliche

Psychologie jenseits bloßer Medizin immer noch nicht erfassbar sei. Abgesehen davon, dass die Idee von „Stabilität“ womöglich ein Ideal zeichnet, das es in menschlicher Interaktion nicht geben kann. In das wir dennoch verstrickt sind.
Aber ein Seminar, das mir zuhören und meine kritischen Analysen ernstlich bedenken wollte, gibt es nicht, längst fiel diese schwere Vollholztür sicher und beinahe lautlos ins Schloss. So eine Universitätstür steht nicht über Jahre offen, sonst zieht es; man muss den Moment packen, beim Schopf, sich am großen Zeiger aufschwingen. Ich schüttele mich wie ein nasser Hund. Dann kümmere ich mich. Ich gehe laufen, doch zu oft an Anas Haus vorbei, und ich kann nicht klingeln.
Inzwischen ratscht die Stille in Franz' Wohnung so, dass ich mich kaum auf meine Arbeit konzentrieren kann. Ich korrigiere den Katalog zu einer Ausstellung, die „konsequent Identitäten befragt“. Dies auf dem Monitor, gar keine Sprache in der Wohnung und in meinen Schultern die Verspannung über beides, aber mehr noch über meine Feigheit. Als Korrektorin jedenfalls bin ich nur für die sprachlichen Details und Regeln zuständig. Mal ist das belastend, mal nimmt es Last und wird zum Teil jenes Kümmerns, um Kommata und das Abendessen, fast bodenständig. Ich registriere den leisesten Ton.
Hin und wieder verlässt Franz die Wohnung, später klappert der Schlüssel erneut, sie kommt zurück, nichts entspannt mich. Ich glaube, der Sommer beginnt. Menschen lächeln draußen, beim Joggen wird mir heiß, und mein verstohlener Blick nach Anas Fenster wird noch erbärmlicher.

Franz hat stets gewusst, was zu tun ist, und Menschen verachtet, die nicht für sich selbst Sorge tragen. So weiß ich letztlich nicht, was ich hier tue. Meine Vorstellung, wir könnten uns nahe sein durch etwas Gemeinsames, war unbedarft. Keine von uns bringt die Kraft auf, die es dazu in Wirklichkeit braucht. Vielleicht ist es auch der zweite Schritt vor dem ersten, und der erste wäre, dass wir uns prügeln. Von Schritt drei haben wir noch nicht einmal eine Ahnung. Seit einigen Tagen kommuniziert Franz mit mir auf Zetteln, die ich morgens auf dem Küchentisch finde, häufig neben offiziellen Briefen, die an sie adressiert sind. Die Briefe übergibt mir der lustige Bote, oder ich hole sie tagsüber aus dem Kasten und lege sie ihr hin. Was sie nach dem Öffnen damit tut, bleibt mir verborgen. Sie liegen da.

Personenbedingte Kündigung Ihres Arbeitsvertrages

Sehr geehrte Frau Rupp,
wir bedauern, Ihnen mitzuteilen, dass Ihr Dienstverhältnis mit dem Eintrittsdatum 01.10.2015 hiermit fristgerecht zum 15.05.2018 gelöst wird.
Grund hierfür ist die wiederholte Nicht-Einhaltung der gemäß Ihrer Wiedereingliederung bei uns zu erbringenden Arbeitsstunden, infolgedessen die Erfüllung der Ihnen übertragenen Aufgaben unvollständig blieb. Dies hat zu erheblichen Störungen im Betriebsablauf geführt. Gemäß unserer Best Practice Guidelines luden wir Sie zwei Male, jeweils sowohl in mündlicher als auch in schriftlicher Form, zu einem Klärungsgespräch ein, welches Sie ohne Angabe von Gründen nicht wahrnahmen. Hiermit sind unsere Mittel erschöpft und die Voraussetzungen für eine Kündigung durchaus gegeben.

Bitte bestätigen Sie uns den Erhalt dieses Schreibens schriftlich.

Mit den besten Wünschen für Ihre Zukunft

Guten Morgen Kris,
danke für die Lasagne gestern, ich habe erst spät gegessen. Nachts schießen mir Ideen in den Kopf, wie wir etwas zusammen auf die Beine stellen könnten, Musik machen zum Beispiel. Wie wäre es, wenn du Songtexte für uns verfasst? Außerdem hast du früher so viel gesungen.
In Liebe,
F.

Bundesagentur für Arbeit

Aufforderung zur Mitwirkung für den Bezug von Leistungen zur Sicherung des Lebensunterhalts (ALG I)

Sehr geehrte Frau Rupp,
es ist zu überprüfen, ob für Sie ein Anspruch auf Leistungen zur Sicherung des Lebensunterhalts nach dem Dritten Buch Sozialgesetzbuch (SGB III) besteht.
Folgende Unterlagen bzw. Angaben werden hierzu noch benötigt:

Guten Morgen Kris,
oder Kickboxen? Es gibt hier ein Studio, drei Ecken weiter. Vielleicht kannst du uns da anmelden. Ich raff mich schon wieder auf, hab noch ein bisschen Geduld. Apropos etwas gemeinsam auf die Beine stellen: Artur wollte ein Kind. Jetzt hat er mich auf allen Kanälen geblockt. Merkst du was? Ich darf nicht daran denken, die Wut wird riesig, und ich weiß nicht, wohin damit. In der Klinik gab's einen Sandsack, aber der war noch zu wenig. Trotzdem: Kickboxen!?
Übrigens hat sich Ana für Dienstag angekündigt – nur, dass du Bescheid weißt.
F.

Bundesagentur für Arbeit

Bewilligungsbescheid

Sehr geehrte Frau Rupp,
über Ihren Anspruch wird wie folgt entschieden:

Leistungsart: Arbeitslosengeld gem. § 136 SGB III
Kennziffer bei Zahlungen: 1815191
Anspruchsbeginn: 15.05.2018
Anspruchsdauer (Kalendertage): 300
von: 15.05.2018
bis: 11.03.2019
Leistungsbetrag täglich in Euro: 49,34

Mit freundlichen Grüßen

Kris,
würdest du heute Abend mit mir essen? Ich hab Neuigkeiten. Schöne.
F.

Ist gut.
K.

Liebe Kris,
bleib hier, so lange du willst. Du weißt, wie alles läuft. Für die Miete habe ich einen Dauerauftrag.
Ich wollte nicht im Streit gehen. Dass du so reagieren würdest, habe ich nicht kommen sehen. Ich bin dir dankbar für die vergangenen Wochen. Aber ich dachte, du kapierst, dass ich raus muss. Ich brauche irgendetwas anderes, so was ... Unwahrscheinliches. Ums Realistische habe ich mich gekümmert, also um das, woran man so glaubt: Klinik und Selbstsorge und staatliche Grundversorgung. Es reicht.
Ich „renne also mal wieder davon" – das hat mich getroffen. Nee, Kris, manchmal muss man raus und nicht mehr alles nur aushalten, das könntest du inzwischen gelernt haben! Versprochen habe ich dir nichts. Es war deine Entscheidung, hier bei mir zu bleiben. Zwei Monate. Das könnte doch genug Zeit sein. Aber hier ist nichts passiert, wir latschen so vor uns hin, aber zwischen uns ... Du hast dich gekümmert, ja, und wie oft soll ich noch Danke sagen dafür. Gibt es einen Tagessatz? Welchen Tauschwert hat deine Fürsorge?
Übrigens weiß ich von Ana und dir, sie hat es mir erzählt, kurz vor der Klinik. Und auch dafür hättest du zwei Monate Zeit gehabt, mir das selbst zu sagen. Was glaubst du, was passiert? Dass ich dich auch gegen die Wand schmeiße? Wach mal auf, Schwesterlein.
Und pass auf dich auf.
Ich melde mich, irgendwann, das ist versprochen,
F.

Privatisierung

Versorgung von Kindern in Krippen und Kindergärten in der DDR kostenfrei und flächendeckend → nach dem Systemwechsel neue Kosten für Kinderbetreuung, die häufig mit der Arbeitslosigkeit mindestens einer Hälfte eines Ehepaars kollidierten, zumeist der Frau.

Novum: Arbeitsamt, häufig in Baracken hinein improvisiert.

– Statistik der Arbeitsagentur 1991: im Dezember 61 Prozent der etwas über einer Million Arbeitslosen in den neuen Bundesländern: Frauen
– Ein Teil der Arbeitslosigkeit ohnehin verdeckt durch ABM, Vorruhestand, Kurzarbeit
– Auf den Ämtern werden die Frauen gefragt, ob denn der Mann noch Arbeit habe
– Ist dem so, dann sollen sie sich vorläufig zufrieden geben
– Zeitgleich: abnehmende Dichte vorhandener Kita- und Krippenplätze

Für viele Frauen kam die Beziehung zwischen Beruf und Familie wieder auf den Prüfstand: nun aber, in den frühen 90ern, gemäß dem Prinzip entweder/oder. Mitte der 90er gab der damalige sächsische Ministerpräsident Kurt Biedenkopf der „übersteigerten Erwerbsneigung der ostdeutschen Frauen“ eine Mitschuld an der katastrophalen Lage am Arbeitsmarkt – sind die Arbeitsplätze rar, wird die Erwerbstätigkeit von Frauen, also ihre Eigenständigkeit, zum Luxus erklärt.

Inzwischen ist *die Ostfrau* zum Teil einer BRD-Erfolgsgeschichte geworden.
Die Ostfrau hat sich nicht unterkriegen lassen, ist die mit dem legendären Pragmatismus, sie hat sich was anderes gesucht, für das sie überqualifiziert war, oder hat umgeschult, sie steht bis heute häufiger in Lohn und Brot als Frauen in den alten Bundesländern.
Die Frau aus der ehemaligen DDR hat die BRD ein bisschen emanzipierter gemacht.
Aus den Verliererinnen in Schlangen vor dem neuen großen, roten A – werden langsam, in Artikeln und Doku-Serien, die Wende-Gewinnerinnen, die Starken, die sich durchgebissen haben und am Riemen gerissen.

Parade der Einzelkämpferinnen.

Wer konnte, baute sich ein Haus mit Wendekrediten, deren Konditionen die Leute jahrzehntelang banden.

Wer arbeitslos geworden war, blieb dagegen meist in der alten Plattenbauwohnung, die auch den Vorteil hatte, noch etwas Sicherheit und Stabilität zu vermitteln, wenn sie ein soziales Netz der Nachbarschaft bot (vgl. Harth). Womöglich kommt daher das soziale Stigma, das Plattenbauten heute tragen. Mit der Architektur selbst hat es weit weniger zu tun. Ästhetik wird gern vorgeschoben.

Ich fand Platten immer anziehend, ich bin in einer aufgewachsen. Beton ist eine schöne Farbe.
Aber durch die Jahre höre ich die Erwachsenen noch sagen: Endlich wird ihnen nicht mehr hineingeredet ins Private.
Irgendwann war auch die Platte nicht mehr hellhörig, und als Kind ahntest du gar nicht, dass jemand das Geschrei von drinnen aufnehmen, dass es ein Außen mit Sinnen geben könnte, überhaupt.

Nächtliche Träume erschöpfen für den Tag, folgen allen Regungen auf dem Fuß, bis zur Unzeit untertags nochmals der Schlaf kommt und nach ihm etwas Kraft zum Aufstehen. Zeit ist Verschiebung.
Es ist eine Zeit, nicht irgendeine, ich weiß gut genug, wie spät. Die Haut meines Armes, die Haarwiese darauf sind deutlich im Bild, auf hellen Laken, gleich dahinter verschwimmt alles – ich bin kurzsichtig. Der Arm, die Unzeit, das Laken, zur Unzeit aufwachen in Laken, der Arm so ein Bild, warum bedeutet es: undenkbar, wieder berührt zu werden auf Laken, fremde Haut auf Kurzabstand deutlich zu sehen im Aufwachen zur rechten Zeit. Was das ist: Gewöhnung an die Einsamkeit.
An das Bürohaus, das Franz entworfen hat, schreibe ich: *Do you remember the pain?* Der Bau wirkt nicht gerade ambitioniert, sehr klar einem Zeitgeist entsprechend gestaltet, viel Glas, das Dach ist flach, mit Hochbeeten bestückt und gut einsehbar, denn das Gebäude ist ein Modell zur Abschlussprüfung, es steht in ihrem Zimmer und trägt Staub. *Do you remember the pain?* steht auf einem Klebezettel, den ich an das Modell geheftet habe, und zitiert Franz' pubertäres Pathos. Ich will nicht „Pubertät" sagen, um Fragen aus dem Weg zu gehen, schräges Verhalten einzuhegen, als sei es nicht auch Ausdruck einer Zeit – sondern bloß eine Macke der Natur.
Do you remember the pain? Die dramatische Frage begleitete über ein Jahrzehnt lang jede Bahnfahrt in unsere Kleinstadt, noch jede Rückkehr begann spätestens mit dem Ankommen auf Gleis zwei, von wo aus man die Treppen in eine Unterführung hinunterging, geradezu auf eine Wand. Und dort prangte sie in übertrieben großen Buch-

staben, deren Neonviolett sich über die Jahre tapfer hielt gegen das tiefer werdende Schwarz der Wand. Unten stank es nach Urin.
Franz war 16 Jahre alt und weinte über eine Trennung. Ich hörte es nachts; wir sprachen seit Jahren nicht, wie Franz seit Jahren nicht so geweint hatte, dass ich es hätte sehen oder hören können. In dieser Zeit entdeckte ich das Graffiti am Bahnhof. Dort unten war es wie eine Frage nach dem, was offenkundig war und trotzdem übergangen, und anders kann ich auch nicht erklären, dass ich sofort sicher wusste, dass Franz das Graffiti gesprüht hatte, obwohl ich noch nie ein Mädchen mit einer Spraydose gesehen hatte. Vielleicht erkannte ich in dieser Angst vor dem Vergessen und der entschlossenen Anstrengung um das Erinnern aber nur mich selbst. Ehrlicherweise passte diese Interpretation nicht zu meiner Schwester, und es war wohl bloß Zufall, dass es wirklich sie gewesen war, die da geschrieben hatte, aber auch wirklich nur für den ersten Freund, mit dem sie sich die Haare lila gefärbt hatte.
Vor einigen Jahren wurde der Bahnhof saniert. Die Stufen zur Unterführung hinunter laufe ich heute einem Aufzug entgegen. Die Frage ist fort, ich sehe sie noch, sie heißt mich willkommen, wie sie sagt: Sieh, dass du wegkommst. Pathos. Darin Reinheit. Wie wenn Menschen, die kaum je verzweifeln, doch einmal einen Ausbruch haben. Bisher dachte ich, denen würde auch eher geglaubt. Problematisch ist das Leiden ja als Dauerzustand, dem die Kontrastfolie fehlt, sodass es unkenntlich wird – oder unglaubwürdig. Nach dem Aufwachen heftete ich die Frage an die Front des Modells, dabei erinnerte ich mich

an diese heilig ernste Franz, die den Schmerz fühlen konnte, sogar wollte, gerade um gegen ihn zu kämpfen und alles anders zu machen. Ich hoffe, wenn sie hierher zurückkommt, liest auch sie den Zettel so, statt als Provokation. Dabei weiß ich: Eben das ist die Provokation. Doch wird sie mir anrechnen, dass ich ihr Modell unbeschadet gelassen habe. Unsinn, so etwas ist ihr ganz egal.
Wie sie glüht, immer schon, mitreißt, wie sie wütet, macht ein Schweigen von ihr endgültig und desaströs. Mich hat es in den vergangenen Tagen aufgerieben wie ein Tinnitus, bis sie herausrückte mit ihrem famosen Beschluss. Szabolcs, ein Mitpatient aus der Klinik, habe im Verlauf der Therapie beschlossen, dass er nach Ungarn zurückgehen würde, dass er dort doch glücklicher sei. Franz hatte sich mit ihm gut verstanden, und jetzt – als läge das ganz und gar nahe, sagte sie das –, jetzt gehe sie mit. Wie lange, das wisse sie nicht. Wiederholte nur, sie müsse mal raus. Das ist doch ganz banal, denke ich, und schön ist es für sie. Aber in den Adern und Sehnen steckt das Gefühl, betrogen worden zu sein; die Mitgliedschaft im Kickbox-Zentrum habe ich also umsonst abgeschlossen – diesen Stuss habe ich sogar laut zu ihr gesagt. Sie hat einen Versuch beendet. Und vermutlich ist noch etwas anderes darin, in der Art, wie ich nun hier stehe, in ihrem Zimmer, Augenringe habe und darüber nachdenke, meine Tablettendosis zu erhöhen. Sie kommt aus der Klinik, ich komme, um zu helfen. Sie macht jetzt etwas wie Urlaub in Ungarn, und ich stehe hier, an ihren Kleiderschrank gelehnt, und ringe um einen festen Stand. „Weißt du überhaupt, wie deprimierend die politische Landschaft in

Ungarn ist?“, fauchte ich, und sie: „Zum Glück gibt’s noch andere Landschaften.“
Ein gepresstes Tschüss und Franz war fort. Ich stehe noch hier herum, öffne Franz’ Kleiderschrank, darin kreischen die Farben, ich greife nach Rot. Vor dem Spiegel lege ich ihre zerschlissene Jacke an wie eine harte Haut. *Hallo Kris*, spricht das Spiegelbild und will erst fluchen, sagen, *Hau ab*, es liegt ihm auf der Zunge, doch es bezwingt sich und sagt: *Hab keine Angst. Ich bin ja da. Hab keine Angst.*
Kraftvoll und ohne groß darüber nachzudenken, öffne ich die Tür, als es klingelt.
Artur zieht sein Kinn an den Hals, seine Brauen krümmen sich, die Augen fixieren den roten Stoff, bevor sie ironisch von links nach rechts wandern. „Wie siehst du denn aus?“ Ich trete über die Schwelle. Als Franz ziehe ich die Tür von außen zu. Sie zieht die Tür von außen zu. Es knackt im Hausflur und wird schwarz. Er tastet nach dem Schalter. Nicht ich stehe, nein, Franz steht stumm im Türrahmen, und Franz wartet, sie kostet diesen Moment aus. Schließlich findet Artur den falschen Schalter, zuckt beim erneuten Klingeln. „Ich meine – kann ich rein ...?“ Sie öffnet.
Er fragt:
„Ist sie da?“
„Wer?“
„Ich bitte dich! Ich hab Ana getroffen – auf der Straße, zufällig. Sie ist im Urlaub?“
Sie schweigt, er schüttelt den Kopf und geht in Richtung Küche, sie folgt ihm.
„Suchst du etwas?“

„Also, wenn sie nicht da ist – ich habe noch Sachen hier."
Er will an ihr vorbei ins Schlafzimmer.
„Halt mal", sagt Franz.
„Weißt du, wo die Sachen sind?"
„Was du hier vergessen hast?"
„Ja genau."
„Sag du's mir."
„Da drin."
„Ist mein Bereich."
„Was? Deiner? Mensch, spiel nicht verrückt!"
Sie stellt sich zwischen ihn und die Zimmertür, viel zu nah, er geht zurück in die Küche, öffnet scheppernd eine Schublade des großen Holzschranks, noch eine und noch eine, während Franz sich an den Küchentisch setzt. Entgeistert sieht er sie an, gibt die letzte Schublade auf und lehnt sich mit dem Rücken an den Schrank. Seine Blicke zucken an der Einrichtung entlang. An der Wand fehlen Bilder. Er tritt auf Franz zu, mit der Hand, die zittert ein wenig, fährt er über den Tisch, an dem sie sitzt und seinem Tasten mit Blicken folgt.
Sie fragt:
„Wo warst du?"
Und er:
„Was macht das Schreiben?"
„Nichts. Ich bin arbeitslos. ALG I."
„Okay, versteh ich nicht, ich dachte, du bist Freiberuflerin. Na ja, tut mir leid."
„Warum denn?"
„Hast du von ihr gehört? Wie geht es ihr?"
Seine Stimme ist aufrichtig geworden und damit das Spiel grotesk. Ich lasse es sein, ziehe die Jacke aus und lege sie

über den Stuhl.
„Bist du deshalb hier?“
„Ich will meine Sachen.“
„Ich weiß wirklich nicht, wo sie sind“.
„Klar. Plötzlich haltet ihr zusammen.“
„Warum hast du nicht–“
„Mensch, Kris. Sie. hat. nicht. Sie wollte nicht sprechen. Vorher, meine ich.“
„Vorher.“
„Ja, vor der Scheiß-Klinik, monatelang diese Ausraster, und danach tat sie, als wäre nichts.“
„Und du? Hast du versucht, sie darauf anzusprechen?“
„Nein! Das war doch ihr Ding. Ich hab sie nicht bevormundet. Und ja, da kannst du deine Brauen noch so weit hochziehen: Scheiß-Klinik. Scheiß-Klinik! Wir ... Wir haben viel gelacht. Das verstehst du nicht, generell nicht, oder? Düstere Schwester, Zitat Franz. Du hast ja keine Ahnung. Du weißt nichts von unserem Leben. Was willst du überhaupt hier?“
Eine Hand legt er an sein Kinn, die andere an die Schläfe, dreht seinen Kopf in der Klammer, dass es knackt, und er seufzt. Ich habe oft gesehen, wie er sich so einrenkt. Freak.
„Darf ich – einen Kaffe machen?“, fragt er, ich nicke, beobachte seine geübten Griffe, die flüssigen Bewegungen zwischen Schränken und Arbeitsplatte, sein Profil im Fensterrahmen. Es ist dunkel draußen, einen Moment lang können wir uns einbilden, es sei morgens, gleich ginge die Sonne auf. Wie immer. Er wird endlich ruhiger am Herd.
„Entschuldige, Kris. Sie – ich denke viel an sie.“

„Wen meinst du?“
„Ach, scheiß auf dich.“
Artur läuft zur Tür hinaus, sie knallt, der Kaffee blubbert, meine Frage kauert sich zusammen, sie war doch ernst gemeint. Im Gehen hat er Franz’ Jacke mitgenommen.
So saß ich allein vor dem dampfenden Kaffee, bis ich ihn hinunterstürzte, mir die Zunge verbrannte, raus auf die Straße lief, wo Nacht war und Sommer. Ein rosa bekleideter Essenskurier stieg vom Rad, holte aus und warf sein Smartphone mit Wucht auf den Asphalt. Einige Teile davon verschwanden im Gulli, er sah ihnen nach, dann zu mir und lächelte mich an, fluchte ohne Kraft, „was für ein Dreck“. Doch das Lächeln hielt er. Ich ließ mich anstecken, drehte mich um, stieg die Treppen wieder hinauf und begann, meine Sachen zu packen.

IV. Arbeit

Sehr geehrte Damen und Herren,

hiermit bewerbe ich mich um die Stelle der Projektorganisatorin Audio/ Visual bei den Event Services der Messe Berlin gemäß Ihrer Ausschreibung vom 4.9.2016.

Die Berliner Messe ist mir als Knotenpunkt internationaler Veranstaltungen aus Besucherinnenperspektive sowie als ehemalige Aushilfe im Messebau bekannt.

kr: da geht/ muss mehr: „führendes Unternehmen der Branche“ o.ä.

Seit dem Abschluss meiner Ausbildung zur Veranstaltungstechnikerin habe ich in einem breiten Spektrum von Einsatzbereichen Erfahrungen gesammelt: von Theater über Musikveranstaltungen bis hin zu Firmenpräsentationen. Persönlich legte ich großen Wert darauf, mich im Kontext dieser Tätigkeiten eigenständig in den Bereichen Digital Signage und Smart Audio Monitoring weiterzubilden, in denen ich inzwischen fundierte Kenntnisse und Praxis vorzuweisen habe.

kr: bin unsicher, ob das nicht evt. beliebig & lost klingt, statt versiert & erfahren. ? weiß es wirklich nicht ...

kr: „vorzuweisen habe“ klingt zu streng

Die Arbeit im Team, mit Menschen aus verschiedenen Hintergründen,

kr: zu technokratisch, sollte humanistischer klingen

aw: bitte, kris, vorschläge!!! „gegenseitigem Verstehen

hat mich dabei stets angetrieben und meine interkulturelle Kompetenz gestärkt. Durch mein solides Englisch trage ich zu reibungslosen kommunikativen Abläufen bei. Als zweisprachig aufgewachsene Deutsch-Polin, bin ich zudem ihre optimale Brücke zu im Auf- und Abbau beschäftigten Leiharbeiter:innen.

Die von Ihnen gebotene Stelle ermöglicht mir einen weiteren Schritt in meiner Entwicklung von der vordergründig praktischen hin zur verstärkt planerischen und leitenden Tätigkeit. Ich strebe danach, von der kleinteiligen Praxis – deren genaue Kenntnis ich als Voraussetzung erachte und selbst in das Team einbringe – zu einer verantwortungsvollen Position überzugehen, welche alle beteiligten Medien, Elemente, Menschen und deren Interaktion steuernd überblickt, um ein gelingendes Gesamtkunstwerk zu gestalten. Diese Herausforderung möchte ich gern als Teil der Berliner Messe wahrnehmen.

Mit freundlichen Grüßen,
Analena Wiśniewski

und Vonein-ander-Lernen ..." Besser?

kr: solide = bäuerlich

kr: haha. nicht vergessen, am schluss zu löschen!

aw: chief executive robot

kr: gut! das ist auf den Punkt.

kr: stolperstelle, formulierung unklar: ist die herausforderung teil der messe, oder bist du teil der messe? vorschlag: „Diesen Schritt möchte ich mit dem breit aufgestellten Team der Berliner Messe gehen." ?

Das Recherchebuch war ursprünglich Anas Idee, aus Fragen Antworten machen. Begonnen hatten wir es gemeinsam, es hin- und hergeschickt oder persönlich übergeben, wenn wir uns besuchten. Ein halbes Jahr, mehr war es nicht. Ich blättere darin auf Anfang, immer wieder.

Auftakt

Wie?
Na, mit dem vom vermeintlich Eigenen, das wahrscheinlich nie mehr ganz verständlich wird, das ich trotzdem verstehen wollen muss.
Und warum?
Zur Selbstverteidigung. Als Munition. Und zur Selbsterschütterung. Für Hoffnung.
Anstelle von Zementierung:
Formbares. Anstelle von Wiederholung und Erschöpfung.
Apropos:
Uns wird immer wieder die Erfahrung abgesprochen, weil wir noch Kinder waren. Damit uns ausgewählte Zeitzeug:innen das Immergleiche vortragen können, von dem sie nicht merken, dass es längst nicht mehr ihre Erinnerung ist. Es wird nie mehr verständlich, und so erst recht nicht.

Aber ich bin ein Wunderkind. Ein Schnippchen, das dem System geschlagen wurde. Ich bin „verwöhnt", und was soll falsch daran sein. So rede nicht ich von mir, sondern der warme Alt meiner Mutter Wlada. „Also mach deinen Mund auf!" Und jemand muss so reden. Wie soll eine sonst gerade stehen lernen?

Sie liebt es, davon zu erzählen: Wie sie meinen Vater in das Heim ein- und wieder heraus geschleust hat, wie alle zusammenhielten – die Martha schreit zur verabredeten Zeit wie unter größten Schmerzen, die Heimvorsteherin stürmt zu ihr, derweil sich Harald an der Wand entlang drückt. Ach, sie hatten schon auch Spaß. Davon verstehen aber die Quellen nichts. Folgendes Beschwerdeschreiben fand ich zu polnischen Vertragsarbeiterinnen in Leipzig, allerdings in den 70ern, ein Jahrzehnt, bevor meine Mutter ankam:

„Am Sonnabend, 24.3., und Sonntag, 25.3.73, wurden in der Zeit von 9 Uhr morgens bis zum späten Abend durch poln. Kolleginnen Radios bzw. Tonbandgeräte an die geöffneten Fenster gestellt und mit Lautstärken betrieben, die man in der gesamten Umgebung hören konnte. [...] Der Lärm war so unerträglich, dass nicht einmal die geschlossenen Doppelfenster halfen. [...] Die Mädchen saßen z. T. sehr leicht bekleidet auf den Fenstersimsen, sodass Passanten nur die Köpfe schüttelten. [...] Außerdem bitten wir darum, dass entsprechende Verbotsschilder für Motorräder angebracht werden, da immer mehr Jugendliche mit Krädern den Hof befahren und damit auch sehr stören." (in Logemann, S. 131)

Ich stelle mir meine Mutter vor, am Fenstersims im Nachthemd, dazu Musik, die rauscht und knarzt, unten fahren die jungen Gockel Schleifen. Die Vorstellung macht mich froh.
Dabei drohte den Frauen die Rücksendung nach Polen aus disziplinarischen Gründen, sollten sie mit Männern auf dem Zimmer erwischt werden. Und das war nur ein Aspekt der Kontrolle. Aber welcher junge Mensch geht schon ganz in Bevormundung auf, statt sie auszutricksen? Das Spiel hält uns manches vom Leib.
Ernst wurde es erst mit mir. Meine Mutter kam aus Województwo Lubelskie als Vertragsarbeiterin zum VEB Spitze. Ihre vietnamesischen Kolleginnen wurden bei Schwangerschaft gezwungen, sich zwischen Abtreibung und Rückführung zu entscheiden.
Die Verträge zwischen der VRP und der DDR waren da vorteilhafter, und dennoch hätte es Wlada viele Mühen erspart, das Kind nicht zu bekommen. Die Heirat bedurfte der behördlichen Zustimmung beider Länder, die Übernahme im Betrieb mit dem Lohnausgleich für Mütter erkämpfte sie sich in zähen Verhandlungen mit der Betriebsleitung, wobei die Brigadeleiterin auf ihrer Seite war. Schrecklich angewiesen war sie, sagt sie, aber auch: „Man muss doch mehr sein als die Umstände.“ Sie wollte mich, aus Prinzip.

Zur Geburt schenkte die Brigade einen Baldachin aus sternengespickter weißer Spitze für mein Kinderbett. Wlada arbeitete in einer gemischten Brigade, noch etwas, das sie von den Arbeiterinnen aus Mosambik und Vietnam unterschied.

„Als es zu Versuchen kam, polnische Arbeiter*innen anzuwerben, musste die DDR beweisen, dass sie im Gegensatz zur BRD ihre NS-Vergangenheit überwunden hatte.“ (Nekrasov/a, S. 33)

Das mag einer der Gründe für den vorteilhafteren Stand der polnischen Vertragsarbeiter:innen sein, ohne den es mich wohl kaum gäbe. Weiterbildungen und Sprachunterricht konnte meine Mutter dennoch nicht ihrer Arbeitszeit anrechnen, obwohl doch gerade die Qualifizierung in den Bruderländern den Unterschied zum „Gastarbeiter“-System der BRD ausmachen sollte.
Ihren Nachnamen legte sie mit der Hochzeit ab, ich sammelte ihn später wieder auf, ebenfalls unter großem bürokratischen Aufwand und für viel zu viel Geld, mit dem ich, schimpfte meine Mutter, vorsichtiger umgehen sollte. Mein Vater war auch verstimmt. Das sei doch heute ganz unerheblich, welchen Nachnamen man habe.

Und als wäre das kein Widerspruch, erinnerte er mich zugleich an die Beschimpfungen, die früher durch das Plattenbauviertel gehallt hatten. Er sorge sich ja bloß.

Ich wünsche mir, dass meine eloquente Mutter auf einem der unzähligen Podien Platz nehmen würde, die mit den Jahrestagen kommen werden. Sie meint, darüber denkt sie erst nach, wenn sie wirklich jemand einladen sollte. „Ja, sicher gibt es da eine Verantwortung“, sagt sie. Eigentlich aber wolle sie ihre Erinnerungen, die schmerzlichen wie die schönen, lieber unbeschadet lassen von „dem Zirkus“. Ich kann es jedenfalls nicht für sie tun, auch hier nicht. Ich kann nur den eigenen Mund aufmachen. Und in den Einträgen hier weitere Quellen zusammentragen. Aber nun bist erst mal du dran.

Ana.
Beinahe immer schon da und sehr weit weg. Die Dritte in der Wohnung, wenn unsere Mutter auf einem Lehrgang war und Franz und ich allein zu Hause blieben. Die beiden schliefen dann in der Stube, ich blieb im Kinderzimmer, durch die Wand hörte ich sie sprechen und lachen. Eines Nachts tätowierten sie sich, fast hätte meine Mutter Franz daraufhin rausgeschmissen. Je ein Dreieck, mehr hatten Sie vor Schmerz und Kichern nicht hinbekommen. Es sitzt im Nacken, knapp unter dem Haaransatz, und hielt mich später davon ab, Ana dort zu küssen, obwohl ihr Haar an dieser Stelle der weichste Flaum ist.
Ana und Franz.
Überstehen die Jahre. Ana ist dabei, etwa am Kaffeetisch bei Mutter und ihrem Freund Lars, da studierte Franz bereits. Ich war auch da, zumindest so, wie ich eben da bin in dieser Familie. Sie unterhielten sich, unbeschwert, lachten sogar über die Tattoos. An die Drohung: „Du kommst ins Heim!“, schien sich niemand zu erinnern, bestimmt war es niemals ernst gemeint gewesen, ach wo. Es wurde aber gar nicht darauf zurückgegriffen, wie auch sonst, von bekömmlichen Anekdoten abgesehen, kein Thema aus unserer Kindheit gemacht wird. Fast kann sich niemand mehr auch nur erinnern, das scheint es auszumachen, das Erwachsen-Sein. Franz und ich begegneten uns im Flur vor der Toilette. Obwohl oder eben weil ich keinen Mucks am Tisch gesagt hatte, schüttelte sie den Kopf im Vorbeigehen und flüsterte: „Krieg dich ein.“ Dass ich ihr Lachen unerträglich falsch fände, sagte ich, und sie: „Dann bleib halt zu Hause.

Aber reg dich nicht auf, wenn du es nicht ändern kannst. Und ändern kannst du es halt nur, indem du nicht mehr kommst. Dann hättest du deine Ruhe. Sonst muss wohl über irgendwas geredet werden, oder?“ Ich schüttelte den Kopf. Mich fügen oder verschwinden, das ist Familie. „Sollen alle stumm dasitzen wie du? Festsitzen!“ Franz’ Stimme schnitt, das Flüstern aber vergaß sie nicht. „Dein Verhalten – es ist einfach kein Grund mehr übrig dafür. Es ist nur arm.“

„Ist alles okay?“, fragte Mutter, als ich mich kurz darauf zum Gehen bereit machte; die Sorge in der Stimme glaubte ich ihr und beschwichtigte, es sei nichts, ich sei nur noch verabredet. Hinter Mutters Rücken malte Ana mit den Fingern Gänsefüßchen in die Luft.

(Ich.) Kris.

Stand im Sommer 2016 windschief im Sand vor der Bühne, auf der Raschelware spielten. Üblicherweise vermied ich diese Termine, selten erfuhr ich überhaupt noch von ihnen und blieb doch angezogen von ihrer Welt, suchte gedanklich nach Nahtstellen, in der Realität taten sie sich nicht auf, nur ihre Musik mochte ich. Seit ich als Kind mitbekommen hatte, dass manche von Franz’ Kumpels und Freundinnen mich „die taubstumme Schwester“ nannten, hielt ich mich fern. Inzwischen mache ich alle paar Jahre einen halbherzigen Versuch und lasse mich sehen. Dieses Mal war es ein Festival, zu dem einige Bekannte von mir ohnehin fuhren. Ich blieb nur einen Samstag, am Morgen darauf packte ich hastig meine Sachen. Sonntagmorgen. Schweiß- und Kotzgeruch, klamme Klamotten, Tageslicht, das den Rausch verhöhnt, die Blicke leer und alt macht. Mit einem Schwapp Wasser ins Gesicht oder

einem Gespräch scheinen andere diesen Zustand wegzuwischen. Mir kriecht er in jede Pore und bleibt dort lange, auch wenn ich völlig nüchtern durch die Nacht gegangen bin. Ich lege mir Planken vor beinah jeden Schritt. Dazu brauche ich Kraft. Situationen, die mir Kraft rauben oder etwas wie Glauben, machen mich plankenlos. Da ist kein Boden, auf den ich immer zurückfallen kann. Wasser hilft nicht in kleinen Dosen, nur große Gewässer können mich beruhigen, in die ich mich auf den Rücken lege. So ist plötzlich alles gut, mein Mund formt ein Lächeln wie von allein, mein Körper genießt die Bodenlosigkeit, ich vertraue ins Schwimmen. Nur so.
Doch hier war kein See, also machte ich mich am frühen Morgen wie geplant auf den Weg. Obwohl ich zügig zum nächsten Bahnhof gehen wollte, ging ich doch noch einmal über den Band-Zeltplatz, überzeugt, dass dort alle noch schlafen würden. Die Sonne schien, ein leichter Wind ging. Artur und Franz saßen vor ihrem Zelt und knabberten sich kichernd an ihren Nasen herum. Als sie mich sahen, grüßten sie wie zwei Winkekatzen, lachten Oh und Ah und waren wieder mit sich beschäftigt. Ana sagte mir im Vorbeigehen ein mattes Hallo, sie war dabei, den Bus zu packen, und forderte Franz auf, sich zusammenzureißen und zu fahren. Es gehe ihr nicht gut. Franz lallte: „Wir fahren nicht." – „Ich fange morgen den neuen Job an. Wir fahren, so wie besprochen. Jetzt!" – „Ich bleibe." Franz lachte immer noch, vollends drauf, Artur schaute ein bisschen zerknirscht in eine andere Richtung. David war nirgends zu sehen. Ana hob einen Mittelfinger und setzte sich hinter das Steuer. Weiß war sie im

Gesicht, das sie mir ohne eine wesentliche Gemütsregung zuwandte, als ich die Tür öffnete und nach oben rief: „Warte, ich fahre."
Ana wand sich halbwach auf dem Beifahrersitz, bis sie mich bat, an der nächsten Raststätte zu halten.
Bei der Abfahrt hatte ich im Seitenspiegel noch einmal Franz' Gesicht gesehen, das plötzlich ganz nüchtern gewirkt hatte. Nun lehnte ich am Bus, als Ana vom Klohaus zurückkam, gerade auf mich zu, derangiert und stolz, der Wind zog ihr langes, dunkles Haar in die Waagerechte. Der erste Mensch an diesem grässlichen Morgen, der nun übervoll war und über meinen Rand schwappte. Ich fragte Ana: „Warum machst du das?" Sie kniff die Augen zusammen, verstand nicht, sodass ich, schon wieder unsicher, etwas nachschieben musste. „Wenn es dir nachher schlecht geht, ist es dann den Trip der Nacht wert, macht das nicht alles wieder zunichte? Und dich kaputt?" Sie hielt das Gesicht in den Wind, das Kinn gereckt und atmete tief, bevor sie einen Schritt auf mich zumachte. Ihre Haare fielen in meine Augen. „Ich habe Gebärmutterkrämpfe, du Idiotin."
Nieselregen setzte ein. Wortlos stiegen wir zurück in den Bus.
Der Regen wurde bald stärker, die Scheibenwischer waren ihm kaum mehr gewachsen. Weit im Sitz vorgelehnt, hielt ich uns in der Mitte der Spur. Anas Stimme musste durch den prasselnden Regen und das Wischerächzen.
„Vielleicht brauchst du Leute wie uns, um dich anders zu fühlen, besser zu fühlen. Deine *Unzugehörigkeit*!

Wie erhaben! Und wir: eine Masse, die dir gegenübersteht. Du siehst uns nicht und womit wir uns rumschlagen, nur weil wir anders damit umgehen." – „*Wir*! Immer dieses Wir! Ich fühle mich übrigens gerade sehr erhaben, danke." – „Und immer bist du allein – angeblich. Versteckst deine Leute und deine Typen vor Franz. Du bist doch mit Freunden zum Festival gekommen, oder nicht? Und hast du uns die vielleicht vorgestellt? Einsame Wolfsdame, wie originell! Du verschanzt dich hinter deinem wissenden Blick und deinen Büchern, niemand wird dir gerecht." Ich versuchte, mich auf das verschwommene Bild der Straße vor uns zu konzentrieren, die Scheibenwischer ruderten hilflos, ich schaltete in den dritten, den zweiten Gang, zum Glück war da eine Ausfahrt, die wir entlang schlichen, bis zu einer Ausbuchtung am Fahrbahnrand der Landstraße, wo ich endlich hielt. Meine Finger krampften, als ich vom Lenkrad abließ, den Zündschlüssel drehte. Der Regen trommelte. Tränen hätte ich für wahrscheinlich gehalten, doch stattdessen drang langsam Erleichterung in meinen Körper und Müdigkeit. Ich schaute zu ihr herüber, ihr Atem ging schnell. „Ist ein schlechter Zeitpunkt für Offenbarungen, wenn ich gerade versuche, uns nicht in den Tod zu fahren."

Immer waren wir höchstens Bekannte gewesen, nie war zwischen uns etwas Wichtiges, Heikles gesagt worden – nicht verbal. Bisher war jedes Wort an sie zugleich potentiell für Franz gewesen, also Munition. Sie lächelte. „Dann holen wir das nach?"

Ana hatte einen Auftrag in Leipzig, meiner Stadt, weit genug weg vom „Wir". Sie baute an Bühnenkulissen und würde drei Wochen bleiben. Die Instrumente aus dem Bus trugen wir gemeinsam in die Wohnung, in der sie für diese Zeit Untermieterin war. Kein Regen mehr, ein Sommerabend. Ana war matt, ich machte ihr einen Kakao, dann fragte sie, ob ich bleiben wolle, der Mitbewohner sei nicht da. Sie hielt mir ihre geöffnete Hand entgegen, weich und bestimmt. Ich ging.

Ich suche ein Buch

Materialien, Beiträge, Flugblätter der Lila Offensive, Frauenbewegung Ost ab 1989, gesammelt erschienen bei Dietz 1990. Über den Verlag nicht mehr erhältlich, erst nirgends, auf keiner Gebraucht-Buch-Plattform zu finden – „selten". Da könnte der Preis ja beliebig sprießen. Über die Suchmaschine Eurobuch finde ich dann doch ein einziges Exemplar im Amazon Marketplace. Es kostet 79 Cent.

Ich ging. Ging in meine Wohnung zurück. Anas Hand hatte kein bisschen gezittert und mir Angst gemacht, obwohl es meine eigene Hand war, die mir später mit den Fingernägeln rote Furchen in den Arm presste. Am nächsten Morgen machte ich eine Salbe darauf, abends ging ich dann zurück, um Ana zu bitten, mit mir zum See zu fahren.

In einer der ersten Nächte, die ich bei ihr verbrachte, weckte mich das Spannen meiner Haut, und meine Füße zuckten, als liefe ich schon. Im Kopf das Krieseln auf voller Lautstärke, der Rachen zu eng. Ich richtete mich auf, konzentrierte mich auf meinen Atem. Nach einer Weile spürte ich Ana neben mir, auch sie hatte sich aufgesetzt, nun folgte sie meinem Atem mit ihrem ohne ein Wort. Es dauerte lang, bis das Toben in mir nachließ. Wir saßen still, blickten uns nicht an, waren Brustkörbe, die sich hoben und senkten im Rhythmus, zwei Körper nebeneinander und dazwischen ein Zentimeter Platz, nackt im Dunkeln. Wir haben nie miteinander geschlafen, darum ging es nicht, es wäre auch zu viel gewesen.

Kris schreibt nicht vom See. Höchstens schwappt er in den Lücken. Sie schreibt nicht von unseren Albernheiten, davon, wie wir uns untertauchten, versuchten, die andere über die Schulter zu werfen im Wasser. Sie schreibt nicht, wie unser Lachen klang oder wie weit. Nicht, wie unsere Rollen aus der Ferne aussahen, die wir am Ufer gelassen hatten – die Freundin der Schwester/ die Schwester der Freundin. Das schreibt sie nicht auf. Meine offene Hand tippt sie nur an und nimmt sie nicht.

Konkurrenz

1971: Abkommen zwischen der VR Polen und der DDR, das den freien Reiseverkehr zwischen beiden Ländern ohne Visa ermöglichte – Auflösung 1981 (Solidarność).

Die Möglichkeit, zwischen den Republiken unbeschränkt zu reisen, trifft in den 70ern auf die Mangelwirtschaft, die in beiden Ländern vorherrscht, in Polen jedoch ausgeprägter ist. Polnische Staatsbürger:innen reisen in die DDR, um Dinge zu kaufen, die in der VRP zu teuer oder nicht verfügbar sind, für sich, die Familie oder zum Weiterverkaufen. J. Zatlin schreibt, dass eben zu dieser Zeit unter den Deutschen alte Klischees über „die Polen" wieder aufleben. Er kann Quellen anführen, die den Rassismus gegen Pol:innen in der DDR belegen – Vorfälle in den Grenzbereichen, protokolliert von den Zollbehörden und heute im Bundesarchiv auffindbar. Quellen der Mächtigen.

Warenknappheit führt zu Konkurrenz. Statt die Ursachen der Knappheit zu kritisieren und daran zu arbeiten, wird geschimpft auf die, die vermeintlich weniger Anrecht auf die Waren haben – Bruderland bleibt Ausland. „Die Polen" raffen, sagt man, sie sind faul, aber auch link und erfinderisch. Die berauben die

DDR-Bürger, sagt man, und schimpft offen auf die „polnische Wirtschaft“, die dem anständigen ersten D der DDR entgegensteht. Man schimpft auf „die Polen“, das ist etwas Altes, auf das sich zurückgreifen lässt, wo die Kritik am eigenen Staat einen in größere Widersprüche stürzen würde.

Eingaben und Beschwerden erreichen die Behörden.
„Von den kommunistischen Stellen verlangten die Bewohner der Grenzstadt Görlitz [...]: ‚Kontrolliert doch lieber die Polen richtig, damit sie nicht alles wegschleppen.‘
[...]
‚Wir erleben in der jetzigen Zeit, daß Waren aller Art von Nichtdeutschen von tausendfachem Wert aus unseren Geschäften aufgekauft und dann ausgeführt werden.‘“
(Zatlin, S. 303f.)

Szenen rassistischer Ausbrüche sind häufig in Einkaufsläden dokumentiert. „Verkäufer“ weigern sich, polnische „Kunden“ zu bedienen; deutsche „Kunden“ beschimpfen polnische.

„Verkäufer“ aber war ein „frauentypischer“ Beruf, und da die DDR-Frau zwar berufstätig, aber dennoch für den Haushalt zuständig war, war auch „der Kunde“ meist weiblich;

Frauen beschafften die meisten Versorgungsgüter, und zwar nach Schichtende. Dann war oft schon alles weg, auch weil Pol:innen es gekauft hatten – zumindest waren die eine gute Projektionsfläche.

Notgedrungen, realistisch, muss ich mir den Menschen in der Schlange, der einer polnisch sprechenden Person den Ellbogen in die Seite rammt und zischt „Verschwinde Polacke", als Frau vorstellen.
„Ostdeutsche Zollstellen hielten folgende Szene fest, die sich in Pasewalk abgespielt hatte:
‚Lautstark, so daß es alle anstehenden Kunden verstehen konnten, sagte im Centrum Warenhaus Pasewalk die Packerin im 1. Stock zu einer Kassiererin, als ein relativ großer Andrang fast ausschließlich polnischer Bürger herrschte: *Wir müssen hier aufpassen, sonst haben wir bald Hunderte Mark Minus.*
Eine Verkäuferin in Saßnitz wurde dabei belauscht, wie sie zu einer Kollegin sagte: *Sieh, dort kommen die Polacken, die Klauer. Stell dich daneben und paß auf* […].'" (Zatlin, S. 304)

Das Treten nach unten so erstaunlich konstant. Eine Ersatzhandlung, wenn der politische und ökonomische Rahmen nicht zur Debatte steht. Wenn er unverrückbarer Teil der eigenen Überzeugung ist oder nicht adressierbar. Oder die zynische Variante: Wenn er „alternativlos" daherkommt. Hieran hat die Wende rein gar nichts geändert – was wäre alternativloser als die „vereinigte" BRD.

Fortschritt

Auszüge aus dem Programm der Lila Offensive ’89, in acht Kategorien aufgeteilt: in der Kategorie individuelle Entfaltung der Persönlichkeit:
– Abschaffung aller an die Ehe gebundenen Privilegien (einschließlich Adoption)
Im Bereich Wirtschaft:
– Reduzierung der gesellschaftlich notwendigen Arbeitszeit
– Höherbewertung und bessere Bezahlung sogenannter „frauentypischer“ Berufe
Aus Reproduktion:
– Erweiterung/Neudefinition des Begriffs Arbeit, sodass er auch die individuelle Reproduktionsarbeit als Leistung für die gesamte Gesellschaft umfasst

(Zukunftsmusik.)

Die programmatische Richtung der feministischen DDR-Initiativen verändert sich rasch → Statement der Frauen des Neuen Forums aus dem September 1990:
„Für die Ausdehnung aller sozialpolitischen Maßnahmen auch auf die Väter sind wir angetreten. Jetzt befinden wir uns in der verfluchten Situation, [die] wegen der Festschreibung der Rolle als Mutter und Hausfrau kritisierten [alten DDR-] Regelungen

verteidigen zu müssen. Trotzdem werden wir sie nicht als ‚Errungenschaften' in Erinnerung behalten." (Offener Brief: An die Initiatorinnen der Frauendemonstration am 29.9.90 in Berlin, taz-Archiv online)

Retrospektiv schreibt Annett Gröschner 2015 im Artikel „Die Frau vorm Rathaus":
„Das Problem unserer Arbeit würde in der kommenden Zeit [nach 1989] dann auch sein, die Verhältnisse für Frauen in der DDR nicht zu verbessern, sondern darum zu kämpfen, dass die Errungenschaften der Frauenpolitik nicht mit der DDR untergingen. Die nächsten Jahre würden wir damit beschäftigt sein, Frauenarbeitsplätze, Kindergärten und die Fristenregelung zu verteidigen, und darin alle Kraft binden."

Im Stück *Schubladen* von She She Pop antwortet Gröschner auf die Frage, „auf einer Skala von eins bis zehn, wie glücklich warst du 1990?":
„Also Anfang 1990: zehn. Ende 1990: eins."
Frauenpolitisch sei man erst in den 2010er-Jahren langsam wieder auf den Stand der Debatten um 1989 gekommen.

Die allermeisten Frauen in der DDR übten „frauentypische" Berufe aus, die in niedrigeren Lohnklassen lagen (unbereinigter Gender

Pay Gap auch hier). Das wollte etwa die Lila Offensive ändern. Das Jahr 1990 warf sie zurück auf die Verteidigung des Status quo. Jede schien zu wissen, was die Einheit in dieser Hinsicht mit sich bringt.

Eine Mechanikerin bei ORWO während der Sanierung und Abwicklung in den frühen 90ern:
„... ich habe einen Männerberuf, und damit ist die Sache schon erledigt. Ich weiß, wenn die Arbeit hier zu Ende geht, werde ich sicherlich nirgendwo eine neue kriegen, also damit habe ich mich schon abgefunden." (Behnk/Westerwelle, S. 125)

Der Raum füllte sich mit Rauch und Spezialwissen, man sah immer schlechter. Ich saß auf dem Holzboden eines Freundes von Ana, in Berlin. Es war das erste Mal, dass ich sie erklärtermaßen in ihrer Stadt besuchte. Ich saß auf dem Boden und somit ein wenig unterhalb der anderen, die auf Sesseln und einer Couch fläzten. Die Plätze waren alle schon besetzt gewesen, als wir hereingekommen waren. Außer Ana kannte ich nur David aus der Band ein wenig, sonst niemanden, und Ana hatte sich gleich zwischen zwei Männer auf die Couch gequetscht. Es war doch besser am Boden für mich. Ana hatte mich den anderen nicht vorgestellt, selbst hatte ich meinen Namen in die Runde geworfen, notgedrungen laut, über das Wabern der krautigen Musik hinweg, woraufhin manche mir zunickten, etwas nuschelten, den eigenen Namen vermutlich, andere sahen kaum auf. Es war doch gut am Boden, irgendwie abgesetzt. Anas Blick ließ sich nicht fangen, streifte meinen nur ab und zu und schien nichts Ungewöhnliches wahrzunehmen. Im Übrigen war sie auf das Gespräch in der Runde fokussiert – von der Platte, die gerade lief, über zum Konzert derselben Band neulich, wo sich Luke, links von Ana, mit dem Drummer unterhalten hatte, woraufhin Fabrizio, rechts von Ana, die übrigen Formationen aufzählte, in denen der noch spielte, Ana dann die musikalischen Einflüsse der Band erörterte und einer, ich glaube, er hieß Mads, vom Sessel her fragte: „Wer sind überhaupt eure großen Vorbilder?" Meine Schriftstellerinnen waren hier nicht am Platz, aber auch in Bezug auf Musik hätte ich irgendein Wissen ausspielen können wie Karten, um hier anzukommen. Stattdessen suchte ich nochmals

Anas Blick, sicher und hungrig, darin Spott zu finden – auf der Couch sinnierte jemand über Slash. Doch Ana schaute nicht zu mir. Sie sprach von Liz Harris, antwortete geduldig auf die fragenden Blicke, und immerhin jetzt hätte ich mich einbringen können, David lächelte mir sogar aufmunternd zu. Dabei war ich schon starr, der Boden nicht im Geringsten mehr gut, und auch keine andere Position im Raum.
Eine Frau kam herein und stellte einen großen Topf Pasta auf den Tisch, ging wieder hinaus, kam mit Tellern und Besteck zurück. Dann setzte sie sich zu mir auf den Boden und stellte sich mir vor. Inga hieß sie. Inga folgte dem Gespräch mit einem wachen und ehrgeizigen Blick, nickte, stellte den anderen Fragen. Als sich später das dreckige Geschirr auf dem Couchtisch zu stapeln begann, stand ich auf und ging hinaus in den Flur. Während ich meine Jacke von der Garderobe nahm, sah ich durch den Türspalt, dass Inga den Tisch abräumte, und ohne ein Wort verließ ich die Wohnung, ging ein paar Stunden lang spazieren.

Brief an Maja Wiens, Ende März 1990, über eine Freundin und ihren Wunsch, eine Mütter-Wohngemeinschaft zu gründen (S. 88f.):

„Jetzt bekam sie plötzlich ein ganzes Haus angeboten und suchte sich Freunde, die mit einziehen würden. Vier Wohnungen sollten für die Mütter-WG sein, und die anderen für ihre Freunde. [...] Nachdem zwei Frauen abgesprungen waren, fragte sie mich, ob ich nicht mitmachen wolle, und ich sagte zu, obwohl mir bewußt war, daß von meiner wenigen Zeit noch viel für den Ausbau draufgehen würde. Heute war ich nun dort und bin jetzt schon erschüttert, wie schnell unter entsprechenden Bedingungen Menschen zu Wölfen werden. Sie haben beschlossen, die Mütter-WG sterben zu lassen und statt dessen noch ein paar Männer mit in das Haus hineinzunehmen. Mütter sind Unsicherheitsfaktoren, mit denen kriegen sie nie ein Haus ausgebaut, da würden schließlich Summen dranhängen. Meine Bekannte saß mit offenem Mund da, sie wurde wütend, und je wütender sie wurde, desto kälter und offener gaben sich ihre vermeintlichen Freunde. Sie hätten schließlich keine Kinder, es gäbe keine schriftliche Klausel in ihrem

Genossenschaftsstatut über eine Mütter-WG und sie solle mal ihren urkommunistischen Traum schön sein lassen, der sei ausgeträumt …

Als ich letzten Sonntag das Wahlergebnis hörte, habe ich geheult. Gegen die Macht der Ideologie haben wir uns irgendwie wehren können, gegen die Macht des Geldes wohl nicht. Ich hab in dem Moment nicht mehr gewußt, was aus Friedrich und mir wird – als ich mich damals für mein Kind entschied, war es aus der Überlegung heraus, daß ich materiell irgendwie durchkommen würde, ohne meinen Traum vom Schreiben aufgeben zu müssen. Jetzt bin ich mir nicht mehr sicher. Und fühle mich schwach, häßlich und habe Angst […].“

Dass ich die Stelle nicht bekommen würde, wusste ich unmittelbar nach dem Bewerbungsgespräch, als ich draußen im Wind stand. Rote Ahornblätter wischten über die Beton- und Metallfarben des Messegeländes. Es war leichter gewesen als sonst – meine Referenzen hatten dem Manager und seinem Assessment-Team als Belege meines Technikverständnisses genügt, ich musste es nicht doppelt und dreifach beweisen. Daran hatte es dieses Mal nicht gelegen. In Wahrheit hatte ich das Ganze von Beginn an nicht wirklich gewollt und mich nicht zum Performen überreden können. Diese Motivationslosigkeit hatten sie direkt gerochen, und ich meinte sogar, Bedauern in ihren Gesichtern zu sehen. Nun tanzte ich in Ausfallschritten den Blättern auf dem Boden vor der Messe hinterher und fragte mich, was diese Unvernunft sollte.
Kris, die mich für ein paar Tage besucht hatte, war gerade wieder abgereist. Sie würde von dem Gespräch hören wollen, ebenso wie Franz, wenn sie davon gewusst hätte. Sprechen wollte ich darüber mit keiner von beiden.
Der Kontakt zu Franz war lose geworden in den vorangegangenen Monaten, und das lag nicht allein an Kris. Sendepausen hatte es zwischen Franz und mir immer wieder gegeben – ich nahm sie als Zeichen des Vertrauens: Franz war mir verlässlich genug, dass ich ihr ohne Angst mal näher und mal ferner sein konnte. Später erst – und zu spät – bemerkte ich, dass sich darin etwas eingeschlichen hatte, und das war wieder nicht Kris, oder nur als Symptom. Die Beziehung zu Kris wollte ich nicht ewig geheim halten, dabei ahnte ich, dass Franz das sogar lieber gewesen wäre. Sie brüllt so viel wie sie verschweigt,

und schulterzuckend verschweigt sie, als wäre das Ungesagte auch unwichtig. Dabei ist es fast gleich, wie nah man ihr steht. Wir beide geraten immerhin oft in Streit darüber, während die meisten anderen ihrer Freundschaften darauf zu basieren scheinen, dass sich die andere Person Franz' Regeln unterordnet. Auch damit hatten unsere Pausen zu tun.

Seit wir uns kannten, war Franz eine bedingungslose Mitkämpferin, manchmal auch Trösterin gewesen, die nicht allzu viele Fragen stellte. Brauchte ich Platz, dann gab sie ihn mir, ohne uns infrage zu stellen, aber auch, ohne dem auf den Grund zu gehen. Sie hatte sich ja auch selbst durchzuschlagen. Als sie mir aber unbedingt die Lehre hatte ausreden wollen, mir stattdessen das Studium und damit ihren Weg angepriesen hatte, war in mir zum ersten Mal eine Wut entstanden, die bis dahin nie für sie gedacht gewesen war. Die wuchs bis in diesen Mittag nach dem Bewerbungsgespräch hinein, als ich vor dem Messegebäude den Farben nachhechtete und daran dachte, wie „schade" Franz zuletzt meinen Gedanken gefunden hatte, nicht mehr von Veranstaltung zu Veranstaltung zu ziehen und von Auftrag zu Auftrag, sondern eine Festanstellung zu suchen.

Wenige Wochen vorher hatte ich den neuen Besitzer unseres Hauses beim Renovieren der Wohnung im ersten Stock angetroffen und den Kopf hineingeschoben, um Hallo zu sagen. Er hatte das Haus von seiner Mutter geerbt, immerhin war es weiter in Familienbesitz, schon das ist fast nirgends mehr zu finden in dieser Stadt. Er wolle die Dielen aufarbeiten, keine Tapete mehr, strahlte Handwerksethos aus und machte alles selbst, es koste nicht mal die Welt. Auch ich fand das schöner als den üblichen Pfusch, für den die Mieten trotzdem schießen. Der Erbe, höchstens so alt wie ich, hatte zwar lange Haare und ein offenes Gesicht, trotzdem würde meine Miete wohl im kommenden Jahr steigen, dachte ich, wenn er sich auch den Hausflur vornahm, das Wasser in den Wänden im Treppenhaus, das Dach. Unter dem Schaben des Spachtels fragte er mich, was ich so tue, und befand zu meiner Antwort: „Klingt cool! Ja, stimmt, so siehst du auch aus, so bisschen nach Künstlerin. Ist ja jeder in dieser Stadt inzwischen. Aber so richtig stetig ist das nicht, oder?" Dann sprachen wir eine Weile von Musik, er nannte eine Menge Stoner-Bands, ich verzog das Gesicht, rief meine Mimik aber schnell zur Räson. Ich erklärte, was ich ungefähr meinte damit, dass meine Musik „experimentell" sei, und ich winkte nicht mal ab, als er fragte: „Wer ist der beste Musiker aller Zeiten?" In meiner Antwort betonte ich *die* und Musiker*in* nur ganz leicht. Diese vielen kleinen Dinge tat ich oder unterließ ich für ein Gespräch, das harmonisch statt lebhaft war. Warum, das verstand ich erst, als ich meine Wohnungstür hinter mir geschlossen hatte und mit den Fingerkuppen meine krampfige Bauchdecke befühlte. Auf die Frage, wie es denn gehe mit so einem Job, hatte ich gesagt: „Ich bin arm", und er: „Ja, das sind wir alle." Bis zu Momenten wie dem windigen Herbstmittag auf der Messe steht man über diesem Zeug, das ja auch Alltag ist und banal. Das Assessment-Team war professionell genug, meinen Wunsch nach einem angemessenen und regelmäßigen Einkommen nicht mit Unternehmensidentifikation und Leidenschaft zu verwechseln. Meine

schauspielerischen Mühen waren auch mäßig gewesen. Aber warum, auf einmal? Jedenfalls war das ganz klar zu wenig für eine, die sich nur mit gekrallten Fingerspitzen in einer Weltmetropole hielt. So eine war ich erst seit Kurzem, vorher war ich, wie sagte Franz? Ein Underdog.
Wo das Messegelände in eine Brachfläche übergeht, warf ich mich in einen Laubhaufen. Ich schrie in Gelb und Orange, ruderte, denn überall juckte es, der Igel floh. Nach einer Weile wurden die Blätter schwerer auf meiner Brust, und diese Schwere machte mich ruhig. Irgendwann lag ich still. Nach zwanzig Minuten – manche Psycholog:innen sagen, so lange dauere ein intensiver Gefühlsausbruch, das ist doch recht ökonomisch, nicht? Das ist doch eine blitzschnelle Kompostierung! Sagen wir also, nach ungefähr zwanzig Minuten tauchte ich aus dem Laub auf und ging aufrecht in meine, also eine, Wohnung. Dort wartete David darauf, zu hören, wie es gelaufen war.

Mehr Konkurrenz

Ungefähr 94.000 Vertragsarbeiter:innen lebten Ende 1989 in der DDR. Die deutsche Vereinigung versetzte sie in Limbo.

80 Prozent von ihnen verloren bis 1990 ihre Arbeit. Die Verträge liefen aus, manche Betriebe hielten die Fristen nicht ein, beglichen ausbleibende Zahlungen nicht. Zu ihrem Aufenthaltsstatus gab es keine Regelungen, Gewerbe durften sie jedenfalls nur im „Beitrittsgebiet“ treiben. Nicht alle wollten zurück ins Herkunftsland. Angelika Nguyen hat 1991 mit dem Film *Bruderland ist abgebrannt* Momente im Leben vietnamesischer Vertragsarbeiter:innen in Ostberlin festgehalten, die sich als Straßenverkäufer:innen durchschlagen, warten oder ausreisen. Das war schon nach dem Pogrom in Hoyerswerda. Die Leute im Film berichten von Angst und Angriffen.

Zum Ende hin dokumentiert der Film die Abreise einer größeren Gruppe vietnamesischer Arbeiter:innen eines Betriebes. Die Flughafenangestellte am Check-in-Schalter hat keinerlei Geduld für Menschen, die sich schwer tun, das maximale Gepäckgewicht von 30 kg einzuhalten; sie rollt die Augen und spitzt das Kinn – das glaube sie kaum, dass *die* den Aufschlag für das Übergewicht zahlen könnten. Die Abfindung, die an die Ausreise gebunden ist, erhalten die Arbeiter:innen erst hinter dem Check-In. Dort sitzen drei aus der Betriebsleitung hinter einem Tisch. Einer davon wirkt wie der ehemalige Chef; zu den vietnamesischen Arbeiter:innen spricht er wie ein nachsichtiger Papa.

Nach Fertigstellung bot Nguyen den Film 1992 verschiedenen Fernsehanstalten an. Es habe sich dort aber niemand dafür interessiert. Er wurde in migrantischen Clubs und Vereinen gezeigt, erst in den letzten Jahren habe er neues Publikum gefunden.

Die Ostdeutschen sind erst mal mit sich und ihrer Existenzsicherung beschäftigt – zu den vorhandenen Ressentiments tritt nun der intensivierte Verteilungskampf, vor allem um Arbeit.
Und dazu die herrschende politische Stoßrichtung in der BRD: Kontinuität des Nationalismus, fehlende Aufarbeitung des NS, Nicht-Achtung und -Beachtung von Opferperspektiven, Täterschutz.
→ „Asyldebatte“ der frühen 90er, angeblich massiver Missbrauch des Asylrechts.

1992. Rostock-Lichtenhagen. Mölln. Die Verschärfung des Asylgesetzes, genannt „Asylkompromiss“, schränkte das Grundrecht auf Asyl ein und sprang den Täter:innen bei.

Noch mal zur Arbeits- und Lohnkonkurrenz: In den „alten Bundesländern“ drückten die Ostdeutschen den Lohn vieler „Gastarbeiter“. Tatsächlich waren es die westdeutschen Betriebsleitungen, die den Lohn der aus dem Ausland angeworbenen Arbeiter:innen drückten; wenn ihnen das nicht passte, würde der Betrieb eben Ostdeutsche anstellen.
(Es ist also falsch, zu schreiben, die Ostdeutschen nehmen den „Gastarbeitern“ die Arbeitsplätze weg. Genauso falsch wie der Tausch von Objekt und Subjekt im Satz oder jede Fassung, die wir davon kennen: eine der ältesten „politischen“ Aussagen, die ich überhaupt kenne aus unserer Region. Sie altert einfach nicht. Das gehört ja zu diesen Dingen, die einem Besuch in Dresden das klebrige Gefühl geben.)

Filmemacherin Angelika Nguyen spricht rückblickend von einer
„Dynamik, die [...] alle kritischen oder emanzipatorischen gesellschaftlichen Strömungen abbügelte und zurückdrängte.“ (in Piesche, S. 23)

Linke Entwürfe aus dem Osten, Feminismus, Selbstorganisation von Migrant:innen, etwa die solidarische Initiative „AusländerInnen“ im Unabhängigen Frauenverband (UFV):
„Wir möchten nicht zur Konkursmasse der deutsch-deutschen Vaterlandsvereinigung werden.“ (in Piesche, S. 75)

das gab es alles,
nur
ließ die Schnelligkeit der Entwicklungen
gar keine Zeit für Zukunftsentwürfe.

Samirah Kenawi:
„Selbst die Gründung des Unabhängigen Frauenverbands war, aus der Rückschau betrachtet, eine Reaktion auf das, was bereits passiert war. Es wurden ständig neue Realitäten geschaffen – in einer Windeseile und teilweise in einer Brutalität, die uns einfach fassungslos machte. Da war der Traum einer gesellschaftlichen Gestaltungsmöglichkeit so gut wie ausgeträumt. [...] Heute denke ich, dass diese Art des Druckmachens und das rasend schnelle Schaffen von Tatsachen eine politische Strategie war, um zivilgesellschaftliche Akteur*innen im Reaktionsmodus zu halten.“ (in Piesche, S. 41)

In der BRD war die Migrationspolitik vor 1989 auf einem progressiven Weg. Sanem Kleff, Pädagogin und Anti-Rassismus-Aktivistin, berichtet in einem Interview davon (YouTube, Ausstellung *Anderen wurde schwindelig*):
Die 80er seien eine Hochphase gewesen für bildungspolitische Konzepte, die Verbesserung der Rechtslage von Migrant:innen – man sei an Themen dran gewesen wie dem kommunalen Wahlrecht für Menschen ohne BRD-Staatsbürgerschaft, an der doppelten Staatsbürgerschaft, einem Zuwanderungsgesetz. „Und dann fiel die Mauer", sagt Sanem Kleff, und habe all das um 20 Jahre zurückgeworfen. Aktivist:innen wie sie hätten gedacht, sie müssten erst einmal abwarten, bis die Deutschen ihre Einheit halbwegs emotional verdaut hätten, dann könnten Themen der Zuwanderung wieder angegangen werden. Das war ein Fehler, sagt sie jetzt, „nicht weil wir zu dumm waren, das zu erkennen, sondern doch auch aufgrund der realistischen Einschätzung: Jetzt hört uns eh keiner zu."
Semirah Kenawi schreibt rückblickend, dass die Hastigkeit der Entwicklungen um 1990 dazu beigetragen habe, dass auch sie selbst und die Frauen- und Lesbenbewegung Ost den aufflammenden Rassismus nicht in seiner Tragweite erkannt und in ihre politischen Überlegungen einbezogen hätten (Piesche, S. 43).

Im ersten Stock des Plattenbaus Freiligrath-Str. 5 wurde Toni Haubold von seinen Eltern regelmäßig arg verprügelt, was im gesamten Haus bekannt war, man hörte es mit an. Mein Vater ging dann klingeln, doch da wir unter manchen der Nachbarn und insbesondere hinter dieser Tür im ersten Stock „verschrien" waren, hatte die Frau Marschner aus dem Erdgeschoss meist mehr Erfolg. Sie blieb den Haubolds gegenüber so sachlich wie freundlich und bot ein Schnäpschen an für die Nerven. „In diesen Zeiten, da knallt's schnell mal, das wird schon wieder", sagte die Marschner zu meinem Vater. Ausstoßen würde man die Haubolds nicht, so viel Zusammenhalt musste noch sein. Da waren wir schon gefährdeter. Meine Mutter hatte dem Toni ein paar Mal Unterschlupf gewährt, dafür hatte der nur noch mehr Ärger kassiert – „ausgerechnet bei denen!" Das hatte ich von unserem Balkon aus gehört, ganz oben wohnten wir, sechster Stock. Mein Blick ging weit, zum Wald, oder hinunter, auf andere Balkone, die Scheitel der Nachbarn und Rücken ihrer Katzen. Es war der schönste Ausblick, den ich kannte, und weil er tief eingesunken ist, sehne ich mich nicht zurück. Nie wollte ich nach dem Auszug meiner Eltern zurückkehren, um ihn zu prüfen, der Erinnerung ihre Proportionsfehler nachzuweisen – ich weiß, was ich sah, wer ich war, wie sich die Höhe anfühlte, die Weite, schwindelfrei.

Auch bei uns wurde geweint, auch gebrüllt und gestritten. Geprügelt wurde nicht. Auf die meisten Kinder übertrug sich die Anspannung, von der sie nur Schlagworte kannten und eben Hände, die ausrutschten, aber keine Zusammenhänge. Meine Mutter sprach: von

Rückbau, Umschulung, Kontoständen. Ich verstand wenig, aber immerhin war ich durch ihr Sprechen Teil ihrer Sache und musste nicht fürchten, Teil des Problems zu sein. Später begegnete mir in Gesprächen mit Gleichaltrigen aus der Gegend ständig die Schuld. Meine Familie war vielleicht „schuld" gewesen für irgendwelche „russischen Zustände" im Haus, aber dafür hatte es das verschworene Zwinkern meiner Mutter gegeben, die tröstenden Arme meiner Eltern, Rückendeckung. Später noch das Schulterklopfen der halbstarken Franz. Und das Tier an meiner Seite. Ich will mir nicht vorstellen, wie es ohne all das gewesen wäre.
Ich sah den Toni ausgesperrt im Flur, dessen Eltern ich – wohl nicht ganz zufällig eine Spur zu laut – von mir als „Polackenkind" hatte flüstern hören, der diese Art Berührung nicht kannte, und vielleicht war ich das Polackenkind ebenso sehr wie das Wunderkind im obersten Stock und er viel näher am Abgrund.
Als Jugendliche war ich vor allem nachts vor den größenwahnsinnigen Kleinstadt-Nazis nicht sicher, so lernte ich bei allen Lichtverhältnissen Sehen. Toni war damals nicht unter meinen Verfolgern. Man hörte ihn auch nie die Zischworte seiner Eltern wiederkäuen. Ob das so blieb, kann von uns Weggegangenen niemand mehr sagen, denn da hielten keine Verbindungen zwischen denen, die gingen, und den wenigen, die blieben, oder überhaupt kaum Verbindungen zwischen irgendwem.
Nur Franz war für mich niemals wegzudenken gewesen. Die Vergangenheit, die wir teilten, hatte uns nie gelähmt. Als ich Kris näher kam, begann ich widerwillig zu verstehen, warum Franz zwischen sich und ihrer Schwester

immer einen verlässlichen Abstand eingebaut hatte. Wie an diesem Abend in Lukes Wohnung in Berlin. David stand auf, trug mit Inga das Geschirr in die Küche, Luke räusperte sich und stapelte dann ebenfalls ein paar Teller, kam sogar mit einem etwas muffigen Lappen zurück, um den Tisch sauber zu wischen. Danke sagte ich nur Inga, und vielleicht machten ein paar der anderen es mir nach. Kris war schon nicht mehr da, um es zu sehen, und beeindruckend war es auch wirklich nicht. Ich hatte noch gehofft, Kris wäre doch nur auf der Toilette, doch als David aus der Küche zurückkam, schüttelte er den Kopf. Also war sie ohne ein Wort gegangen, und es könnte eine Kleinigkeit sein. Unterstellt man mir und meinen Freunden, nur eine Gruppe individualistischer Musiker:innen zu sein mit einem Freiheitsbegriff, der eigentlich heißt, dass alle machen können, was sie wollen, weil uns das Gegenüber in Wirklichkeit sowieso egal ist – dann wäre es eine Kleinigkeit. Unwillkürlich sind für mindestens eine Seite von Kris alle neuen Menschen erst einmal Feinde, und an schlechten Tagen fühlt sich diese Seite schnell bestätigt. Dann ist Kris sowieso weg, ob sie nun noch in der Runde sitzt oder nicht. An schlechten Tagen fallen auch Vertraute ins Stadium des Feindes zurück. „Vertrauen ist ein großes Wort“, sagt sie.

Worte. Auf Waagschalen und in entscheidenden Momenten nicht verfügbar. Sie war gegangen, statt ihr Unbehagen auszusprechen, dabei witzig oder wütend zu sein, das war ja egal. Ich schrieb einen schwermütigen Song über eine Schildkröte im Treibsand. Gepanzert, trotzdem ohne Halt. Ich erhob mich über Kris. So gut ich sie

kannte, verfehlte ich sie trotzdem, verstand sie doch wieder nur vom Kopf her, der Rest in mir lehnte sich auf. „Warum macht sie nicht den Mund auf?“, fragte ich David. „Warum hält sie nicht den kleinsten Gegenwind aus?“ Dabei weiß ich das alles. „Und trotzdem: Strengt sie sich denn genug an?“ Nur in Gedanken fragte ich mich selbst, in welches Fahrwasser ich da geriet.
Ich war erst in der Lage, aufzustehen und Kris nachzugehen, nachdem David eine Hand auf meinen Unterarm und sein Kinn auf meine Schulter gelegt hatte. Ich erinnere mich nicht daran, was er sagte. Es ist diese Art von Kontakt, die Toni Haubold aus dem ersten Stock nicht gekannt hat, vielleicht nicht einmal erkennen können wird. Was Freundschaft ist, was Gewalt. Und wenn er das nicht unterscheiden kann, wird er immer gewappnet sein müssen.

Den Rand halten

„Jetzt hört uns eh keiner zu.“

So hast du Sanem Kleff zitiert.

Gerti Tetzner schreibt 1990 an Brigitte Burmeister:
„[...] Briefe fallen einander nicht ins Wort wie Gesprächspartner. Wenn das von Dir auch nicht zu befürchten ist, schon eine hochgezogene Braue, die Frage, ob ich noch Tee oder lieber Wein zu trinken wünsche, könnten mir jetzt die Lust am Weiterreden nehmen. Während der letzten Monate wurde (und wird noch immer) zu viel zu schnell zu formelhaft daher- und aneinander vorbeigeredet daß von Tag zu Tag mein Bedürfnis nach Schweigen wächst.“ (aus *Gute Nacht, du Schöne*, S. 37)

Manche der ersten, die sich in der DDR Feministinnen nannten und damit eine gesamtgesellschaftliche Veränderung meinten, ökonomisch und sozial, machen heute Energiearbeit, sind Heilerinnen.

Tanja Bürgel, 2006, S. 461:
„Weil der Anpassungsprozeß der Eltern strapaziöser und riskanter verlief als der ihrer Nachfahren, verkehrte sich das Verhält-

nis zwischen Eltern und Kindern früh. Im beschleunigten gesellschaftlichen Wandel bedurften die unsicheren, überforderten Eltern und Lehrer der Geduld und der schonenden Nachsicht ihrer Nachkommen. Das Schweigen der Älteren über die Vergangenheit wurde deshalb respektiert, eine klärende Verarbeitung der Vergangenheit zwischen den Generationen blieb aus."

Ich hörte vor Kurzem den Vortrag einer Frau in unserem Alter, in einem kleinen linken Zentrum, zur Frauenfrage in der DDR. Bei der Diskussion im Anschluss meldeten sich Zeitzeuginnen, standen sogar auf zum Sprechen, gingen auf das Thema nicht ein, stellten aber stattdessen das Rederecht der Vortragenden infrage. Wer nicht dabei war, kann und soll nicht sprechen, warum auch? „Wichtigtuerei einer Generation von Selbstdarstellern." Vielleicht ist es die Frustration darüber, selbst nicht gehört worden zu sein, die macht, dass sie auch die Jüngeren zum Schweigen anhalten oder ihnen zumindest nicht zuhören können, ohne dass diese Erfahrung wiederbelebt würde. Ich hätte sie etwas in diese Richtung fragen wollen, wusste aber nicht wie. Dachte auch, dass vermutlich selbst in dieser Frage noch eine Idealisierung steckte und von der Minderheit damals so gut wie keine übrig ist, die sich nicht ganz verhärtet oder der Esoterik zugewandt hätte.

Hallo Kris,
mit Sanem Kleffs Zitat hast du das erste Mal etwas aus meinen Einträgen aufgenommen. Nur: Der Kontext klemmt. Leute wie Kleff haben weitergekämpft, in Institutionen und außerhalb, und das, obwohl sie eben bis heute nur gehört werden, wenn gerade sonst kein „mehrheitsdeutsches" Thema Konjunktur hat. Auf die etlichen Rückschauen im Jahr 2020 auf die DDR und die starken DDR-Frauen dagegen kannst du wetten. Bestimmt werden die meisten davon verzerrt sein, ja. Falls aber ehemalige Vertragsarbeiterinnen darin überhaupt zu Wort kommen werden, dann, weil Menschen hartnäckig drangeblieben sind gegen massive Widerstände. Das kannst du zum Rückzug vieler Feministinnen und Linken aus der DDR nicht einfach in eins setzen, nur weil es Parallelen gibt. Zurückziehen kann sich, so schlimm das individuell sein mag, nur, wessen Existenz vielleicht schal geworden, nicht aber permanent bedroht ist.
In dem Moment, wo du in der Diskussionsrunde, von der du erzählst, deine Fragen nicht stellst, weil du selbst die steinharte Vorstellung einer Außenwelt hast, in der es sich sowieso nicht lohnt – dann machst du dieses Schweigen mit, und auch du gibst es weiter. Und so wird aus dem Ganzen ein Abgesang, statt dass wir etwas tun.
Ich merke jetzt selbst, dass es hier nicht mehr nur um ein Heft geht, um unsere Recherchen und irgendwie äußerliche Dinge. Etwas schießt dazwischen. Du entziehst dich, und ich fange von vorne an, dir eine Freundin zu sein (die vor der Liebenden kommt). Am Morgen hörte

ich im Radio die Redewendung: Schau nicht so lange in das Loch, bis das Loch zurückschaut. Noch will ich nichts abbrechen, den Hefter oder mehr. Einen neuen Eintrag will ich aber auch nicht schreiben. Komm erst raus, sag etwas dazu.
Ana

Klettern, rennen, schleppen, sich fortbilden, fortwährend wach bleiben und wachsam und
sich beweisen müssen – unermüdlich, wer ist schon müde
im Veranstaltungsbetrieb. Höchstens die da,
hat bestimmt ihre Tage,
oder der hat lange niemand an den Knöpfchen
gedreht.
Ihr glaubt, das sei in die Jahre gekommen, das gebe es
doch nicht mehr?
Dann kommt mal raus aus eurer Blase und backstage,
zwischen das Gestänge und in den Technikraum.
Am Anschlag – sind wir sowieso, in einer Branche, die
unterwegs ist, immer, die nachts arbeitet. Auf Anschlag,
und nebenbei stemmen wir uns gegen das ständige
Drücken des Lohns und Dehnen der Arbeitszeit und das
Abfeiern von Flexi- und Mobilität, oder stemmen uns
eben nicht – wegen
Coolness, Freiheit, Underground!
Das ist doch auf hohem Niveau genörgelt, wir
können doch froh sein, wir sind doch
blessed.
Zumal es solche wie uns bis vor ein paar Jahrzehnten
in der Branche so gut wie gar nicht gab. In einer Branche,
die keine Grenzen kennt.
Sowieso am Anschlag, auf Anschlag, und beweisen
müssen wir uns extra. Wo zeigt sich unsere Erfahrung:
im Sound, im Licht, dem Ablauf und dem Lebenslauf, auf Tattoos, im Moment, im Aushalten, Weghören,
Zurückschlagen, Weitermachen, Besser-Sein. Und in
unseren
Blessuren.

Wir sind ein Kollektiv von Frauen und Queers im Veranstaltungsbetrieb. Wir tun uns zusammen, sind als Crew buchbar, machen Beratungen, handeln gemeinsam Honorare aus, tauschen Aufträge, stellen Bedingungen, wehren und unterstützen uns eben. *Blessuren* durchkreuzt die Coolness, die uns in den Rücken fällt, wenn es um Arbeitskampf und Geschlechterstrukturen geht. Stretching, Oropax und Koffeintabletten helfen hier nicht, sondern nur, dass wir anfangen und aufhören, alles mitzuspielen. Let the show begin.

show@blessuren.org

Franz ist fort, ich bin zurück in meiner Wohnung, Ana habe ich ein Jahr lang nicht gesehen, und langsam dämmert mir, was ein Neuanfang tatsächlich bedeuten würde.
Kurz vor dem Ende hatte Ana beschlossen, ihr Kollektiv aufzubauen, und sie wollte, dass ich in irgendeiner Form daran mitwirke, außerdem, dass wir Franz endlich sagen, was „Sache ist". Doch ich hatte keine Halterung, derlei Entscheidungen zu treffen, zu tragen. So sehr ein Teil von mir wollte, der andere betonierte sich. In Briefen, im Streit wurde immer deutlicher, dass Ana fürchtete, ich sei gewissermaßen ansteckend, destabilisierend. Und da etwas in mir ihr ohne Weiteres recht darin gab, ging es noch eine Weile, aber der Abstand wuchs. Ich stieß sie weg von mir, denn ich stehe nah am Rand, einer Stelle, wo man besser allein steht, das ist Risikomanagement. Kalt und ärgerlich wurde Ana mit der Zeit, weil ich in ihr Projekt nicht wirklich mit einstieg, während ihr unsere Recherche nicht genügte und nicht mehr gefiel. Kaum ein halbes Jahr hatten wir miteinander verbracht. „My hardheaded woman" hatte sie mich zärtlich genannt, und wenig später nur noch hart, sodass man mit mir nichts *aufbauen erarbeiten reparieren* könne, weil ich mich so an meiner Schutzschicht verausgabe. Ich wehrte mich gegen ihre Analysen, die alles fester traten. Ana schaute von oben wie auf einen Fall, da schaute ich weg, immer so weiter, wer hat damit angefangen? Irgendwann dann stand sie vor meiner Tür und reichte mir mit spitzen Fingern unser Recherchebuch. Sie sagte, ich solle es behalten, und dass wir eine schöne Idee gewesen seien. Sie weinte und ging doch bestimmt, gerade, Ana. Ich stand starr, bis

ich die Haustür ins Schloss fallen hörte. Dann zerriss ich das Buch nicht, ich schlug mir selbst die Faust ans Kinn. Schöne und Idee und Gewesen.

For the ones they are in darkness
Others are in light
And we see the ones in brightness
Those in darkness drop from sight

Worte von einer Platte, die ich aus Franz' Wohnung mitgenommen habe. Von Punkerinnen, die Brecht zitieren. Ana hatte Recht, dass sich existenzielles und psychisches Leid nicht immer gleichsetzen lassen, vielleicht schließen sie sich sogar aus – zumindest zeitlich. Die Haut zu retten erfordert alle körperlichen und geistigen Kräfte, da muss auch die Psyche spuren. Erst unter einer Haut, die wieder sicher und intakt ist, bricht sie.

Oder bricht nicht. Franz ist vielleicht krass, aber nicht gebrochen. Sie existiert. Rennt an Wandkanten, um zu leben, wie man in Bewegungstherapien mit Anlauf an eine senkrecht aufgestellte Turnmatte rennt. Schwer zu trennen, wo Leben endet, Vernichtung beginnt, eigentlich, doch zwischen Franz und mir ist die Trennung klar.

Wie Tag und Nacht seien wir, das hatten wir oft gehört. Zwei von Franz' Sorte hätten sie ins Grab gebracht, kann Mutter heute scherzend an Geburtstagstischen sagen. Schmerzlich ist das nur noch deshalb, weil es die Frage herausposaunt, ob, was mir geschehen ist, schlimm genug ist, zu rechtfertigen, wer ich heute bin. Und ist nicht Franz das größte Gegenargument? Es geht nicht auf. Aber wem wäre auch mit einer Leidskala geholfen außer den Krankenkassen? Zwei von meiner Sorte hätten einander

womöglich auch nicht helfen können, außer beim Sterben.
Ana hatte Recht. Ana lag falsch. Sie kann falsch liegen, denn ihr Schritt ist so fest wie ihr Kuss, und manchmal vergisst sie sich einfach und geht trotzdem nicht verloren.
Ich fahre nachts zum See, schwimme auf dem Rücken in Schwarz und starre in den Himmel dabei. Meine Härte ist ein schuppiges Urtier, es streckt sich auf der Wasseroberfläche, sinkt langsam ab. Bevor es ertrinkt, werde ich seine Hand greifen und uns an Land ziehen. Bis dahin ist es still, ich schwimme auf dem Rücken und starre in den Nachthimmel. Ana kennt die Satelliten dort.

Das Tier ist schon am Wasser, es zieht etwas hinaus und legt es mir vor die Füße. Das atmet rasselnd, und wir nehmen es umstandslos auf, Angst haben wir nicht.

V. Regeneration

Ein ganz normaler Rasen.
Liebe Frau Nurifa, so einen pflanze ich jetzt auch.
Die Klinik ist lange her, ich hänge der Zeit nicht nach, bin längst woanders, übern Berg. Merken Sie was? Klingt abgedroschen, mein Rasen, oder? Das gehört wohl dazu. Aber mal im Ernst: Ich habe mich wieder so im Griff, dass ich diesen Brief höchstwahrscheinlich nicht abschicken muss, sondern noch mal mir selbst schreibe, bis es dann genug ist, etwas erzähle von den zwei Monaten, die ich nun schon weg bin oder da, wie auch immer. In Ungarn jedenfalls.
Wir kamen zunächst bei Freunden von Szabolcs unter, in einem Außenbezirk von Budapest. Die beiden Jungs in der Wohnung waren tagsüber arbeiten und spielten abends Playstation auf der Couch, die Szabolcs und ich danach zum Schlafen ausklappten. Sie roch nach Pizza und Gras. Die Vertrautheit, die zwischen Szabolcs und mir in der Klinik entstanden war, hielt sich außerhalb schlecht. Wir wussten ja intimste Dinge voneinander, aber die einfachsten überhaupt nicht, und ich fragte mich schon, wie es sein konnte, dass er derart teilnahmslose Leute, die nicht einmal fragten, warum er nun aus Deutschland zurückgekommen war, seine Freunde nannte. Aber vielleich hatte er genau dasselbe Problem. Ein paar Tage lang versuchte er jedenfalls, sich mit Meditationstechniken ins Lot zu bringen, dann hielt er es nicht mehr aus, und die Jungs schienen froh, als wir uns verabschiedeten. Schon auf der Zugfahrt war mir Zsu wieder in den Sinn gekommen, eine Musikerin, deren Band mit uns vor Jahren auf einem Festival an der Ostsee gespielt hatte. Wie unzählige andere hatte sie am Schluss zu mir gesagt, ich sei jederzeit

willkommen, wenn ich mal in ihrer „grässlich schönen Stadt“ sei. Ernsthaft und strikt Anti-Establishment, wie sie war, hatte ich sie auf sympathische Weise altmodisch gefunden, abgehärtet, aber warm, und ihr Deutsch enthielt so schöne Wörter wie „Schuft“ und „Tölpel“. Stunden mit Zsu vergingen wie im Flug, einfach und trotzdem nicht seicht. Ich freute mich, sie jetzt wiederzusehen, und sie willigte wie selbstverständlich ein, dass wir ein paar Tage bei ihr bleiben könnten. Ihre Wohnung im 9. Bezirk war eine ziemliche Bruchbude und nicht annähernd so trostlos wie unsere erste Unterkunft. Auch Szabolcs atmete auf.

Sofort bei unserem Wiedersehen fragte Zsu nach Ana, wo sie sei und wie es ihr gehe. Ich sagte, Ana ginge es gut, sie sei viel unterwegs. Zsu hob die Augenbrauen, Phrasen kann sie nicht ausstehen, doch ich bat sie, es gut sein zu lassen. „Ich komme gerade aus der Klapse, weißt du, ich hab echt Erholung vom Bohren verdient“, scherzte ich, leider lachte Zsu nicht, blinzelte aber lieb. „Klapse, sagt man das wirklich noch so?“
Bei unserem Abschied ein paar Tage davor hatte Ana mich fest und lange in den Arm genommen, was mir nicht ganz angenehm gewesen war. „Du kommst gefälligst wieder“, ein Fragezeichen hatte nur in ihrem Blick gestanden. Ich sagte erst „Ja“, weil es einfacher war, und dann, als die Umarmung vorbei war, dass ich eigentlich keine Ahnung hatte. „Aber bitte, halt mir jetzt keinen Vortrag, wir bleiben auf jeden Fall in Kontakt.“ „Du willst das allein schaffen, ja?“ Ich klopfte ihr irgendwie plump auf die Schulter und ging.

Die Klinik war ja erst der Anfang gewesen. Es machte mich krank, krank zu sein, umsorgt zu werden wie eine Invalidin, und das von Kris, die jetzt wieder zu meinem Leben gehörte, die etwas mit Ana gehabt hatte. Eigentlich gehörte sie hier nicht hin. Was hatte ich mir bloß dabei gedacht, sie zu mir nach Berlin zu holen? Eine Therapie stellt eben alles Mögliche infrage, und dann rüttelt man an Sachen, die schon gut waren so. Man vertut sich. Dabei hatten Kris und ich genug Erfahrung, um zu wissen dass es besser war, wenn jede in ihrem Bereich blieb. Und nun hätte sie schlecht nein sagen können, war ich doch offiziell am Boden. „Krank" oder so. Was soll das heißen? Mir fiel dazu nichts ein. Außer, dass der Zustand wegmusste, weil das nicht ich war. Dass ich wegmusste, also weggehen.
Szabolcs und ich nahmen den Zug. In Dresden mussten wir umsteigen, hatten ewig Zeit dort. Er ging spazieren, ich verließ den Bahnhof nicht. Es war mies, wegzuwollen und ausgerechnet hier halten zu müssen. Vom Außengleis sah ich runter auf den Bahnhofsvorplatz, ein Polizeiauto stand da, zwei Polizisten kontrollierten einen Mann, der arabisch aussah oder so. Ich beauftragte eine Taube, den Polizisten auf den Kopf zu kacken und dachte an Kris, die sich in solchen Momenten immer sinnlos aufregte, sie konnten ihr den ganzen Tag verderben. Da wurde mir klar, dass sie in meinem Kopf war, dass ich – und ich schreibe hier ja immer noch an Sie, Frau N., Zeit für Geständnisse also –, dass ich auch vor Kris weglief. Es schüttelte mich.
In Budapest hielten wir Zsus Wohnung dunkel verhangen, um die Hitze abzuhalten. Zwischen den hohen Fassaden

rutschte sie langsam nach unten wie eine Presse und drückte mich auf den Asphalt, wenn ich tagsüber rausging. Die Parks und Donauinseln waren voll, in den Straßen der Innenstadt hielten sich tagsüber nur Obdachlose auf, in schattigen Eckchen versteckt. Vor den Suppenküchen hundert Meter lange Schlangen. Davon abgesehen scheint der Alltag der Menschen meist wie verriegelt und verrammelt. Öffentlichkeit ist irgendwie ein Problem. Die Leute sitzen nicht auf den romantisch schönen Rundbalkonen vor ihren Wohnungen, das tun nur Ahnungslose wie ich und die Roma-Familie bei Zsu gegenüber. Die trifft sich einmal die Woche mit ihrer antirassistischen Politgruppe in einem linken Veranstaltungsort, sie nahm mich einmal mit: Drinnen gibt es eine Bar, einen Konzertraum, einen Garten mit Möbeln aus Paletten, das Übliche. Genauso üblich schien es Zsu, dass wir draußen klingeln und zwar kein Code-Wort sagen mussten, aber wer wir waren, was wir wollten. „Ihr erwartet Nazis?“ „Auch“, antwortete Zsu, sichtlich irritiert über die Frage.
Zsu ist Grafikerin in einer Werbeagentur und arbeitete oft bis spät in die Nacht, während Szabolcs und ich versuchten, unser jeweiliges Leben klarzukriegen und in der verfluchten Hitze auf der Stelle traten. Wenn sie spät nach Hause kam, zog Zsu uns, meist eigentlich nur mich, nach draußen, in die Nacht. Die entschädigte sie für den Tag. Sie beklagte sich nie, ich hörte kein Fluchen, wenn sie am frühen Morgen, nach nur drei Stunden Schlaf, die Wohnung verließ. Ihre Katze trauerte für sie, sie saß noch zehn Minuten, nachdem Zsu gegangen war, vor der Tür und sang ein trauriges Lied, das mich

weckte. Meine Erinnerung an diese ersten Tage ist verschmiert, ich war nie ganz klar im Kopf, entweder überwältigt wie ein Kind von den Lichtern der Nacht, Clubs auf Dächern, dem Singen am Fluss – oder dumpf und schwer vom Tag. Nur plötzliche, heftige Sommergewitter brachen die Tage auf, entließen Bäche in die Straßen. Junge Leute tanzten in den Häuserschluchten wie unter Wasserfällen. Jetzt waren die Obdachlosen versteckt.
Als die Temperatur tagsüber unter 30 Grad fiel, entschied Szabolcs, zu einem Cousin aufs Land zu gehen. Er hoffte, dort irgendeine Aufgabe zu finden und bot mir an, mitzukommen, größtenteils aus Höflichkeit. Dazu ließ ich mich nicht herab, aber auch in Zsus Leben wollte ich nach einer Weile nicht mehr herumlungern und wählte die nächstbeste Zwischenstation. Zsu hatte mich gewarnt vor der Touristenhölle Balaton, trotzdem gab sie mir ein kleines Xylophon mit. Da war es schon Spätsommer, die Pensionen leerten sich so langsam, der See war eine warme Brühe. Als Kind war ich schon einmal hier gewesen, mit Vater, Mutti und Kris in ihrem Bauch. Sie verstehen, Frau N., dass es unangenehm ist für eine erwachsene Frau, den Bildern ihrer Kindheit nachzuhängen, wo sie selbst längst Kinder und damit andere Sorgen haben sollte. Und was tun diese Erinnerungen? Nehmen wir die vom Plattensee. Eins: Sie tunken alles in ein unbeschwertes Vorher. Zwei: Man kann ihnen nicht trauen, diesen Fetzen in warmem Orange und hemmungslosen, damals schon aus der Mode gekommenen 70er-Jahre-Mustern, die Kris heute noch in ihrer Wohnung hortet. Mutti lässt

mich am Bauch lauschen und wuschelt mir durch die Haare dabei. Sie war froh. Oder wir. Es soll damals alles voller Staatssicherheitsbeamter gewesen sein, weil ja auch Westdeutsche hier Urlaub machten. So ist das, man guckt und guckt in diese Vergangenheit und sieht nur Mist, aber nichts, das weiterhilft. Trotzdem hatte mich wahrscheinlich genau das wieder hierhergezogen, ohne dass ich das verstanden hatte, und nun saß ich hier und entschied, dass es reichte. Nein, ich stimme dem Mantra Ihrer Therapie nicht zu, ich kenne mich nicht besser durchs Zurückschauen, ich zurre mich nur fest auf etwas, das total willkürlich ist. Aber ich schätze Sie trotzdem.

„Hier kannst du nicht spielen." Das war das Erste, was Tamás zu mir sagte, direkt auf Deutsch – geübter Blick der Tourismusbranche, ich nahm es nicht persönlich. Ich saß auf einer Steinmauer an der Promenade, das Café im Rücken, aus dem er gekommen war, und hämmerte weiter auf dem Xylophon herum. „Der Chef will das nicht. Keine Straßenmusik." Ich machte kein Geld und sagte ihm das. „Oder siehst du einen Hut?" Müde sah er aus. „Geh bitte ein paar Meter weiter, in die Richtung, da ist ein kleiner Park, dort läuft es vielleicht. Ich geb dir einen Hut." Mit einem etwas schmutzigen Basecap in der Hand kam er wieder. „Sorry." Die Stirnseite des Caps schmückten die Umrisse des Sees und sein Name in fetziger Schrift. 90er, immerhin.

So was wie drei Euro verdient Tamás die Stunde, arbeitet sieben Tage die Woche, jetzt, wo die Saison abflaut, meist nur zehn Stunden, sonst mehr, den ganzen Sommer über. Er war am Abend in den Park gekommen, fand

mich dösend an einem Baum. Im Cap lagen ein paar Forint. Ich fragte Tamás, ob er gerne Kellner sei. Er sei nicht gelernt, möge den Job eigentlich schon, wenn die Gäste nur ein bisschen bescheidener wären. „Es ist eben Arbeit“, sagte er schulterzuckend und schüttelte das Cap. „Bist du gerne im Urlaub?“, fragte er dann. Ich sei ja nicht im Urlaub. „Du bist planlos?“ „Eigentlich nie“, sagte ich und berührte sein Bein, damit er mit in meine Pension kam.
Tamás hatte mir noch ein paar Ausflugstipps gegeben, außerdem könne ich auch einmal um den Plattensee herumlaufen, das sei zwar nicht der Jakobsweg, dauere aber immerhin ungefähr zwölf Tage – na ja, mit Selbstfindung kenne er sich nicht so aus. Er grinste, und ich stieß ihm leicht in die Rippen. Lieber hing ich tagelang auf einer Steintreppe vor dem Minimarkt fest, rauchte und aß kiloweise Fruchtgummi, während ich auf mein Telefon einhackte, um einen Plan zu machen. Ich würde mir in Budapest eine Wohnung suchen, die in Berlin untervermieten und ein Online-Gründungsseminar beim deutschen Jobcenter machen. Alles, solange ich noch Arbeitslosengeld bekam. Tamás zeigte mir einen Vogel, als ich fragte, ob er mitkommen wolle in die Hauptstadt. „Ruf an, wenn du einen Job für mich hast, dann vielleicht. Viel Glück.“
Das ist der Weg. „Geländer führen nach vorn“, heißt es in einem Song von uns. Solo auf Xylophon klang er bescheiden. Stimmt trotzdem.
Viel Glück auch Ihnen, Danke und viszontlátásra,
Franziska

Frohe Weihnachten, Schwesterherz!
Und danke für deinen Brief. Gerade ist hier viel los, ich versuche, ein andermal darauf zu antworten. Jedenfalls geht es mir bestens. Ich wohne im 8. Bezirk, ist super hier und nicht zu teuer. Die Leute reden von Gentrifizierung, aber die ist ja überall. Die Feiertage verbringe ich mit Zsu und Freunden von ihr. Tamás kommt auch vorbei, meine neue Flamme. Ich kann mich wirklich nicht beklagen. Es ist schon alles richtig so, und hoffentlich weißt du inzwischen, dass meine Entscheidung nichts mit dir zu tun hatte.
Auf der Karte siehst du die alte Achterbahn von Budapest, die ist noch ganz aus Holz, voll historisch. Ich dachte, das gefällt dir.
Pass auf dich auf & liebe Grüße,
Franz

Freies Radio

Hall

Ein poetisches Feature zur ungarischen Rom:nja-Bürgerrechtsbewegung.

/// Schritte einer Person

[Stimme 1]:
Bestimmt
betritt sie den Platz die Promenade
nimmt Position
Auftakt.

Schritte überblenden in Musik – Csárdas-Variationen mit Synthesizer (CS)

Sie ruft
Hív
Gedichte
a verseket
oder nach Tanzpartnerinnen.
Loki djili in Romanes
Hallgató in Ungarisch
ist ein langsames Lied
Hallgató heißt auch
Zuhörerin
lauschend stillschweigend
„Aber das spielen wir jetzt nicht,
das ist zwecklos.

Csárdás ist schneller,
treibt voran die
ganz alte Dramaturgie."

Kameras
drehen sich
tonlos um sie
zu verhindern.

Hall –
ot –
hallot – tot
Sétany
Hall –
ot –
hallot – tot [leiser im Hintergrund weiter, darüber:]

[Stimme 2]:
Corvin Sétany – Corvin Promenade! This joint project with the local government is thought to be the largest urban renewal project in Central and Eastern Europe. It is situated in an area that barely a decade and a half ago was characterised by poor quality, a low level of convenience and dilapidated housing, with the entire neighbourhood considered a disreputable and anonymous quarter.

Musik – CS – Aus \\\

[Stimme 1]:
Hall –
ot –
hallot – tot
... morbid.
Nichts
zu
bitten.

[Pause – 3 Sek.]

[Stimme 3/Erzählerin]:
Frühe romani Bürgerrechtler:innen benutzten das rassistische Z-Wort noch, teils, um von der Mehrheitsgesellschaft überhaupt verstanden zu werden, teils in aktiver Aneignung. In diesem Stück wird es ausschließlich im historischen Kontext und sofern es als Selbstbezeichnung geäußert wird verwendet. Andernfalls wird es ausgepiept.

/// Schritte einer Person \\\
1972.
Ágnes Daróczi betritt die Bühne der ungarischen Talentshow Ki mit tud?
Wer
kann
was
Sie ist 17 Jahre alt. Das Kinn gehoben, die Brauen gekniffen und Lippen geschürzt, ruft sie ein Gedicht von Károly Bari, in Romanes und in Ungarisch.

[Originalaufnahme unterlegen,
Stimme 4:]

Hei, Brüder, Zigeuner,
ihr aber eilt zum Tanze,
wilde Sturmwind-Lieder schinden
die Geigen, scheppernde Christus-Gebeine
donnergrollen daher, von Wegen ohn' Ende
kehr 'n auf Zigeunermähren im Galopp
ungezügelt ums Feuer die Ahnen –
Gebirgsbachs Getöse in blau,
Frauenhüften in fieberndem Flackern,
Zigeunerdaseins rot glimmender Rausch
tobe dich nun aus.

[Stimme 3/Erzählerin]:
Die deutsche Übersetzung des Gedichts erbrachte Paul Karpáti im Jahr 1997. Wörtlich übersetzt hieße die letzte Zeile: Wüte dich nun aus.

Eine der Jurorinnen der Show sagte zur Rezitation von Ágnes Daróczi:

[Originalaufnahme unterlegen;
Stimme 2]:
Sie hat kein Gedicht rezitiert, sondern die Tragödie einer Problemlage für uns dargestellt, mithilfe eines sehr talentierten [piep] Poeten, Károly Bari. Wir wissen, es ist ein großes Problem, und ich denke, es ist wunderbar, dass die Betroffenen es selbst lösen wollen. Ich schlage vor, dass die Jury ihr einen Sonderpreis verleihen sollte.

[Originalaufnahme von Ágnes Daróczi unterlegen; Stimme 4]:
Was Károly Bari schreibt ist wirklich, es ist greifbare Realität, auch für mich.

/// Musik – CS \\\

[Stimme 3/Erzählerin]:
1971 wurde die erste repräsentative demographische Studie zu Rom:nja in Ungarn publiziert. Sie verstand sich als subversive Arbeit, die Lücken und Doppelstandards der sozialistischen Assimilationspolitik offenlegte. Diese Politik leugnete die Situation der Rom:nja als nationale Minderheit. Sie behauptete eine Gleichheit, die den historischen Rassismus, die Verfolgung und die Benachteiligung der Rom:nja sowie ihre Kultur und die Verschränkung dieser Aspekte miteinander überblendete. Eine solche Politik war nicht in der Lage, nicht willens, die bestehenden Ungleichheiten anzugreifen, etwa das ungeschriebene Gesetz der getrennten Beschulung und strikten räumlichen Segregation von Rom:nja.
Die Forscher der Studie von 1971 entblößten zwar die Ignoranz und das Scheitern dieses Assimilationsansatzes, indem sie soziale Benachteiligung zahlenmäßig dokumentierten. Zugleich verstärkten und zementierten sie die Reduktion der Romanipe auf Armut und Not, was romane Intellektuelle damals auch kritisierten.

/// Schritte mehrerer Menschen

In der Ära Kádár erklärte das Zentralbüro, die Segregation in der Schulbildung aufzuheben und kulturelle Initiativen von Rom:nja zu unterstützen. So entstanden die ersten romane Klubs in Ungarn – sie wurden zu Räumen der einsetzenden kulturellen und politischen Rom:nja-Bewegung, in denen auch Ágnes Daróczi präsent war. Sie organisierte in den späten 70er-Jahren die erste Kunstaustellung von romane Künstler:innen in Ungarn. Mit ihrem Ehemann János Bársony gründete sie die international auftretende Musikgruppe Kalyi Jag.

Schritte verdichten sich zu Rhythmen –
Tanzschritte dazu

1989 plante die Stadtverwaltung von Miskolc, Hunderte Rom:nja umzusiedeln. Initiiert von Aladár Horváth, mit Unterstützung von Ágnes Daróczi und anderen, auch Gadje (Nicht-Rom:nja), bildete sich ein Anti-Ghetto-Komitee, das gegen die Vertreibung der Rom:nja aus Miskolc protestierte. Sie sollten in kleinsten Wohnungen, zwei Kilometer von der Stadt entfernt, ohne Heizungen und Abwasserleitungen untergebracht werden. Der politische Protest war erfolgreich und verhinderte die Vertreibung. Er gilt als Gründungsmoment der ungarischen Rom:nja-Bürgerrechtsbewegung. Romane Aktivist:innen riefen noch 1989 die Organisation Phralipe ins Leben, die erste staatlich unabhängige Rom:nja-Bürgerrechtsorganisation im postsozialistischen Ungarn.

Musik – CS in Schrittfolge überblenden

[Stimme 2]:
2014 beschlossen lokale Politiker:innen in Miskolc erneut die Räumung eines Wohngebiets der Rom:nja. Wieder organisierte eine Gruppe um Aladár Horváth einen wochenlangen Protest. Die Räumungen jedoch wurden Stück für Stück durchgesetzt, obwohl das höchste ungarische Gericht 2015 die Stadt Miskolc wegen der systematischen Vertreibung verurteilte.

– Zerfall der Musik in Störgeräusche, Glitch,
und aus \\\

[Stimme 3/Erzählerin]:
Phralipe und die Nicht-Regierungs-Organisation Roma-Parlament bezogen 1990 ein Haus im 8. Budapester Bezirk, auch Józsefváros genannt.

[Im Hintergrund – heruntergeregelt:
Stimme 2]: ... was characterised by poor quality, a low level of convenience and dilapidated housing, with the entire neighbourhood considered a disreputable and anonymous quarter.

[Stimme 3/Erzählerin]:
Angéla Kóczé schreibt im Romarchive:

„In den frühen 1990er-Jahren organisierten Roma-Aktivist_innen immer wieder Kundgebungen in Reaktion auf neofaschistische Angriffe und konnten dabei auch Politiker_innen mobilisieren. Die wichtigste dieser

Demonstrationen wurde von Phralipe und dem [...] Roma-Parlament am 11. Juli 1993 in Eger ausgerichtet. Berichten zufolge gingen an dem Tag mehrere Tausend Rom_nja sowie Sympathisant_innen gegen Gewalt und Diskriminierung auf die Straße – und gegen die stillschweigende öffentliche Duldung, die die fortwährenden Attacken erst möglich machte, gegen den Mangel an Polizeischutz und Bürgerrechten für die Rom_nja."

Ágnes Daróczi nutzte weiterhin verschiedene Medien wie Journalismus und Film und kämpfte in den 90er-Jahren unter anderem für die öffentliche Anerkennung des Pharrajmos, des Genozids an den Rom:nja zwischen 1933 und 1945. Daróczi arbeitete unter anderem im Fernsehen, um dem Thema Gehör zu verschaffen. Auf ihre Initiative hin entstand ein Mahnmal des Pharrajmos am Donauufer in Budapest.

[Stimme 2]:
Minister Balog, beauftragt mit der Integration der Rom:nja, bezeichnete diese 2014 als „Volk ohne Geschichte", das in einer imaginären Opferrolle gefangen sei. Außerdem habe es von ungarischem Boden aus keine Deportationen in Konzentrationslager gegeben.

[Stimme 3/Erzählerin]:
Am 2. Februar 1945 ordnete die faschistische Regierung Ungarns unter der Pfeilkreuzlerpartei die Massendeportation ungarischer Rom:nja an.

[Stimme 2]:
Balog sowie Premierminister Orbán regten außerdem an, die „Roma als Ressource" zu nutzen, mit deren Hilfe die Einwanderung in die EU ganz gestoppt werden könne, wenn man sie „die einfachen Arbeiten, die heute von Immigranten erledigt werden", verrichten ließe.

[Stimme 3/Erzählerin]:
Károly Bari: „Die Stadt"

[Stimme 4]:
Auf Betonbaum-Zweigen
flattern Neon-Vögel
mit Flügeln aus Glas.
Gassen kopfstein-schrundig
kriechen dahin durchs Lärm-Dickicht
schmuddlig die Staub-Kutte, vom Wind gebläht.
Hier leb ich. Himmelsspeißendes Klirren
mein Kissen, ich kann nicht schlafen,
kehre zurück auf meine Wege, dort ziehn
Schatten mir voraus, es zucken ihre Lippen,
da die Eisen-Nägel der Zeit schroten die Zähne.
In Stein vergrab ich mich bis an die Herzenswurzel.

[Pause, 3 Sek.]

/// Glitch, der sich zwischen den Absätzen teils zu Fragmenten der ursprünglichen Musik – CS – formt und wieder zurück

[Stimme 3/Erzählerin]:
In den späten 90er-Jahren begann ein massives urbanes Regenerationsprojekt mit dem Umbau des 8. Budapester Bezirks, vor allem der mittleren Josefstadt.
Seit den 1960er-Jahren hatte sich das ehemals von Handwerkern und Kleinindustrie geprägte Viertel in einem baulich schlechten Zustand befunden. Sozial benachteiligte Arbeiter:innen waren in das Viertel gezogen, einschließlich einer vergleichsweise hohen Zahl von Rom:nja. Der Anteil an Sozialwohnungen blieb in Józsefváros hoch, trotz des Privatisierungsbooms im postsozialistischen Raum während der 90er-Jahre. Die Budapester Bezirksverwaltungen erhielten in dieser Zeit immer weniger Budget von der Stadt, was die Privatisierung im Stadtraum weiter antrieb. Im „verrufenen" 8. Bezirk, der auch zum inoffiziellen Rotlichtviertel geworden war, führte die öffentliche Unterfinanzierung zunächst nur zu einer weiteren Verschlechterung der Bausubstanz. Abrisse von Art-déco und Art-nouveau Gebäuden erfolgten und hinterließen Brachflächen.

[Stimme 1]:
Wie Schluchten oder Ausreißer.
Offenliegende Brandwände
zu Projektionsflächen
zu Räumen für Hall
Brüllen, Lachen,
Bezeugen.
Oder Parkplätzen und Wahlwerbeflächen.

[Stimme 3/Erzählerin]:
Nachdem aber die übrigen innerstädtischen Viertel, insbesondere der ehemals jüdische 7. Bezirk, ausentwickelt waren, verblieb die Józsefváros als zentral gelegenes Hauptinvestitionsgebiet.
Das Corvin Szigony Projekt wurde ins Leben gerufen, das selbsternannte größte Stadtteilrevitalisierungsprojekt Europas. Im Zentrum: die neue Corvin-Promenade, Corvin Sétany, für die auf 22 Hektar sämtliche Gebäude abgerissen wurden, um neuen Wohnhäusern, Bürokomplexen, Unternehmenssitzen, einer Mall und einem Casino Platz zu machen. Insgesamt wurden für Corvin Szigony 1.100 Gebäude abgerissen, davon 74 Prozent vormals in städtischer Hand.

> [Im Hintergrund – heruntergeregelt Stimme 2]: At the request of the Józsefváros Municipality, which initiated the project, sociologists, preservationists, environmentalists, transport developers and architects worked together to find a solution that would result in significant change to both the built environment and the quality of life in the district.

[Stimme 3/Erzählerin]:
500 Haushalte wurden „relokalisiert“, darunter etwa 3.000 romane Bewohner:innen. Sie berichteten, dass die Kompensationen zu gering waren, um sich irgendwo in Budapest eine neue Wohnung leisten zu können.
Orte der Selbstorganisation von Gemeinschaften, die

im 8. Bezirk verblieben sind, werden seither, ob sie politisch-oppositionell sind oder nicht, von der Regierung mithilfe von Polizeirazzien und unter Vorwänden entzogenen Pachtverträgen bedroht oder geschlossen.

Schritte mehrerer Menschen zur Komposition hinzufügen, sich zu Rhythmen formierend, wieder zerfallend usf.

Die erste Roma Pride in Budapest fand 2013 statt.

Seit den frühen 90er-Jahren gibt es eine international vernetzte und in Ungarn aktive feministische Romnja-Bewegung.

[Stimme 1]:
Andere um sich scharen.
Jedenfalls rufen
zueinander und trotzdem.
Auf Zuhörer:innen ist nicht zu rechnen.
Eine Taubheit und Tonlosigkeit und ein
Vergessen
in allen Räumen.
In Städten, sauber
und zahnlos.

[Stimme 3/Erzählerin]:
Samuel Goff schreibt in einer Analyse der post-sozialistischen Stadtaufwertungsprozesse im Zeichen der ungarischen „illiberalen Demokratie“:
„Gentrifizierung, die nie ohne politischen Willen

vonstattengeht, zerreißt urbane Gemeinschaften zwangsläufig. In einem politischen Klima aber, in dem die bloße Idee von Gemeinschaft zunehmend als Bedrohung gilt, werden die ohnehin niemals scharf zu unterscheidenden kommerziellen und politischen Interessen ununterscheidbar.“

Gesamtkomposition beschleunigt und verdichtet sich zu
Schritten im Rhythmus von CS, und aus. \\\

Das Gebäude des Roma-Parlaments im 8. Bezirk Budapests wurde im Jahr 2016 zwangsgeräumt.
In einem offenen Statement des Roma-Parlaments schreibt Aladár Horváth:
„Am 23. Oktober, dem 60. Jahrestag der ungarischen Revolution 1956, ordneten die Behörden der Bezirksverwaltung Józsefváros die Zwangsräumung des Roma-Parlaments an, unter dem Vorwand, das Gebäude sei eine Todesfalle. In Zusammenarbeit mit der Polizei räumten die Behörden das Gelände der Tavasmezö-Straße 6, das Gegenstand eines anhaltenden Rechtsstreits ist. Dieser Ort war die Zentrale unserer Organisation seit über 25 Jahren. Auf Anordnung der Regierung übergab die Lokalverwaltung das Gebäude am 25. Oktober dem Staat, um ein ‚Alibi-Rom:nja‘-Zentrum auf den Ruinen des Roma-Parlaments zu etablieren, obgleich sie das Gebäude als ‚Todesfalle‘ für abbruchreif erklärt hatten. Seither waren wir nicht in der Lage, einen Fuß in unsere Zentrale zu setzen! Sie haben unser intellektuelles Vermögen illegal beschlagnahmt, unsere kulturellen und künstlerischen Sammlungen sowie unsere Verwaltungs- und

Finanzunterlagen der letzten 26 Jahre. Alles wurde an einen unbekannten Ort verbracht.“

[Stimme 1]:
Ein Drehen um die Tonlosigkeit
in allen Räumen.
Gegen die Richtung
der Geschichtsvergessenheit
an.

Rom:nja mauern als Kunstwerk
eine Ziegelwand vor den Eingang
des ehemaligen Roma-Parlaments.
Auf den Ziegeln steht.

Közösség

Gemeinwesen *Hatalom*

Recht

Macht *Jog*

Származás Herkunft

Felelõsség

Verantwortung

Rasszizmus

Pénz Geld

Autonómia …

[Stimme 3/Erzählerin]:
Károly Bari: „Die Stadt“

[Stimme 4]:
Hier leb ich. Himmelsspeißendes Klirren
mein Kissen, ich kann nicht schlafen,
kehre zurück auf meine Wege, dort ziehn
Schatten mir voraus, es zucken ihre Lippen,
da die Eisen-Nägel der Zeit schroten die Zähne.

VI. Archiv

Ein Dreivierteljahr lang war Franz schon in Budapest, als sie uns dorthin einlud, um ihren Geburtstag zu feiern. Hin und wieder hatte ich mit ihr telefoniert, organisatorische Dinge für sie übernommen: ihrer Untermieterin die Wohnung gezeigt, Dokumente und persönliche Dinge von dort geholt, an Franz geschickt oder verwahrt. Selbstverständlich war Kris nicht nach Budapest eingeladen. Was zwischen den beiden geschehen war, wusste ich nicht genau, aber dass sie es nicht lange miteinander ausgehalten hatten, war keine Überraschung. Mein Wunsch, dass es anders gehen könnte, ist eigentlich eine Entscheidung dazu, nichts Leidvolles als felsenfest gelten zu lassen. Manchmal merkte ich spät, dass auch diese Überzeugung in die Irre führen kann, wenn ich mir die beteiligten Menschen nicht nur beweglich, sondern grundsätzlich anders zu wünschen begann, als sie sind.

In der Woche vor der Reise hatte sich ihre Mutter Marion angekündigt, um mir ein Geschenk für Franz mitzugeben. Wegen eines Lehrgangs war sie sowieso in der Stadt. Sie kam die Treppen unseres Hausflures hinauf, der sich in Renovierung befand, klopfte sich etwas Staub vom legeren, dunkelblauen Jackett und umarmte mich im Türrahmen. Diesem Treffen hatte ich nicht gerade entgegengefiebert, da Marion üblicherweise eine Spannung aussendete, die man sich schwer vom Leib halten konnte – eher schien es, als übertrage sie sie gezielt. Unzählige Male hatte sie mich schon umarmt, und nie hatte ich gefühlt, dass diese Berührungen mir galten, bis zu diesem Nachmittag. Sie hatte Kuchen mitgebracht, den sie in der Küche abstellte, sie fragte sogar, ob ich etwas

Zeit habe, um mit ihr einen Kaffee zu trinken, wenn nicht, könne sie sich auch beeilen und den Kuchen dalassen. Auch hierin kein erpresserischer Ton. Ich ließ mich darauf ein.

In meiner Küche stand sie, für die „gepflegt“ ein gewichtiges Wort war, wie ein Fremdkörper mit Aktentasche und Zopf im Nacken. Sie fragte nach meiner Mutter, und eine Traurigkeit zog an ihrem Gesicht. Das Lamento über ihre verlorenen Töchter, das ich ihr stets zutrauen musste, blieb allerdings aus. Plötzlich schien sie mir tapfer. Fast hätte ich sie noch einmal umarmt – der Gedanke an die schönen, verschrammten Schwestern hielt mich zurück, obwohl der Kontakt zu Kris abgebrochen und Franz auf einem Ego-Trip war. So saß ich immerhin nicht mehr zwischen allen Stühlen dieser Familie. Deutlicher noch bremsten mich meine eigenen Erfahrungen mit Marion. Hatte sie früher von meiner Mutter gesprochen, dann mit Missgunst gegenüber der Frau, in deren Wohnung sich die kleine Franz oft geflüchtet hatte. „Schöne Grüße an deine Mutter“, hatte sie gezischt und, an Franz gerichtet: „Die ist eben keine Rabenmutter wie ich!“ Eingebrannt war auch die Erinnerung, wie sie viel später zustimmend geschnauft und Anekdötchen hinzugegeben hatte, wenn ihr Lebenspartner am Kaffeetisch von der mentalitätsbedingten Unzuverlässigkeit der osteuropäischen Leiharbeiter in seiner Firma sprach, wie die jugendliche Franz sich räusperte, Kris schweigend dissoziierte und ich die Kuchengabel auf den Teller krachen ließ. Wie Marion versicherte, um mich sei es doch nicht gegangen, und sich von meiner und Franz' Widerrede verletzt fühlte: „Klar, ich bin wieder die Böse.“

Jetzt saß sie an meinem Tisch, und dass sie nach mir fragte, hielt ich für den höflichen Umweg, bevor sie mich nach Franz aushorchen würde. Dann aber folgten Nachfragen, sodass ich wirklich sprach, von meiner Angst um die Wohnung und sogar von dem Kollektiv. „Ach, sagt man das heute wieder so?“ Diesen staunenden Blick kannte ich von ihr gar nicht, sondern einen abwesenden, immer nur Fassade des Interesses und das Rätsel, was sich dahinter abspielen könnte – oder ob das schon alles war. Ich fragte mich, wie viel Kris und Franz von diesem neuen Blick wussten, und Marion fragte ich irgendwann, ob sie damals eigentlich von der Frauenbewegung Ost gewusst hatte. „Ach, kaum“, in der Kleinstadt sei man sowieso ein bisschen hinter dem Mond, und Nachrichten hätten sie noch nie so interessiert. Früher, der Rummel um den Frauentag, das habe sie so albern gefunden. „Aber ich weiß schon, eine Kollegin hat mir mal von diesem Slogan erzählt, die haben wohl gesagt: Wer sich nicht wehrt, kommt an den Herd. Und das ist ja richtig. Aber da muss man halt arbeiten und sehen, dass man zu was kommt und da weiterkommt, also, so sehe ich das. Wir hatten ja viele neue Möglichkeiten, und ich hab halt geschaut, dass ich beruflich vorankomme. Das ist doch das Wichtigste. Und alles andere, das war für mich eigentlich so wie ... na, wie Dreckwäsche waschen auf der Straße. Und man muss doch schauen, dass man nicht verkommt und nicht verrückt wird. Oder?“
Auf meine Entgegnungen häufte sie eine Menge Floskeln – „Die Männer hatten es ja damals auch nicht leicht“, „Ausruhen kann ich als Rentnerin“ und „Ja, heute ist eben eine andere Zeit“ –, blieb aber aufmerksam. Ein

Gegenüber, statt lebendiger Drohung. Nur noch hin und wieder das nervöse Zucken in ihrem Augenwinkel. Ihr Wandel beschäftigte mich noch lange, nachdem sie gegangen war. Hatte das die bloße Zeit für sie erledigt? Kann das sein, ohne jede Konfrontation mit den Tatsachen, ohne Auseinandersetzung mit Kris' und Franz' Erinnerungen, von der ich jedenfalls nichts wusste, dabei wusste ich allzu viel von dieser Frau. Sie musste mich ausgetrickst haben, oder sollte es möglich sein, eine andere zu werden, Frieden zu finden, ohne sich auch nur erinnern zu wollen oder zu müssen? Nur kurze Zeit später musste ich einsehen, dass zumindest Franz auf diese Frage damals schon ein festes „Ja" von Ungarn aus zu mir herübergebrüllt hätte. Die schickte wenig später einen Nachtrag zu ihrer Einladung nach Budapest, etwas hatte sie vergessen:

Ach ja, meine Geburtstagsfeier wird zugleich die Eröffnung meines Ladens. Kommt auf jeden Fall mit dem Bus – damit ihr eure Instrumente transportieren könnt. Wir spielen zur Eröffnung. Anlage etc. ist alles da.

„Nein.
Das nicht."
Versetzt in den Wald. Nein, sage ich und stehe allein, frei, gefährdet. Nein, sage ich und halte mir etwas vom Leib, um meinetwillen. Ich sage Nein und hoffe, die Freundin früher oder später dennoch im Wald wiederzufinden. Jetzt rauscht es, ein Kauz ruft, aber ich sage nichts mehr und greife in das Fell meines Gefährten, der mich mit dem Gegendruck seines Körpers rückversichert.
„Nein.
Das nicht."
Franz drehte sich zu mir um, zackig, der Blick irgendwo zwischen Überraschung, Spott und Angriff. „Was?"
„Ich mache das nicht", wiederholte ich. Sie stockte: „Was ...? Wieso denn? Ana! Was soll die Scheiße?"
Dass Franz uns zwischen den Zeilen einer Geburtstagseinladung mitgeteilt hatte, dass sie nicht allzu bald, vielleicht gar nicht aus Budapest zurückkäme, war schon schwer zu schlucken gewesen. In den Monaten zuvor hatte sie ab und zu von einer Idee gesprochen, an der sie arbeite, wurde dabei aber nie konkret und wies Nachfragen ab – sie sprach nicht gern über „unausgegorene Dinge". Bis an ihnen nicht mehr zu rütteln war. Ein Laden also, ein Unternehmen, „ihres", wie sie schrieb. Sie hatte sich ein Leben eingerichtet, und wir sollten nun gucken kommen und Entertainment mitbringen. David regte sich furchtbar auf über die Abkanzelung unserer Band, die er darin vor allem sah. Ich regte mich furchtbar auf über die Abkanzelung unserer Freundschaft, die ich darin sah, die aber Franz am Telefon von sich wies. Beinahe hätten

David und ich uns ebenfalls gestritten, in Konkurrenz um den relevanteren Schmerz. „Hätte ich eher was gesagt“, erklärte Franz, „wärst du doch nur traurig gewesen, und so gibt es etwas zu feiern. Und überhaupt, ich sag ja nicht, es ist für immer.“ Als ich aufgelegt hatte, griff David nach meiner Hand, die ich sofort wegzog. Aber er blieb ausnahmsweise hartnäckig und ging voran, die Treppen unseres Hauses herunter in den Hinterhof. Dort wies er auf einen großen Haufen Pappkartons neben der Papiertonne. „Gestern dachte ich noch, wie rücksichtslos sind die Leute, müllen den ganzen Hof zu“, sagte er und rannte drauf los, zog mich an der Hand nach, und wir sprangen, trampelten, droschen sie platt.
Dann fanden wir uns vorerst ab. Ich wollte Franz nicht noch weiter wegtreiben. David sagte, sie stoße sich eben immer noch die Hörner ab. Sie stählt sie, dachte ich. Mads, eher leger und musikalisch mit uns verbunden, kam mit nach Ungarn, er würde einen guten Abstandhalter geben.
Aber schließlich sagte ich doch noch:
„Nein.“
Es war ein kleiner Laden, in dem Franz eigene Designgegenstände verkaufen wollte – unter anderem Schatullen, deren Form die bunten ungarischen Dachmosaike aus Keramik zitierte als Scherben, die neu zusammengesetzt wurden, wie mir Franz erklärte. Zsu verkaufte außerdem Drucke im Laden und war für die Öffentlichkeitsarbeit zuständig, ein Tamás baute gerade noch an einem Verkaufstresen. Sie hatten den Laden mostani genannt. Er lag auf einer schmalen Nebenstraße in der mittleren Józsefváros, für die ein solcher Laden noch

„Pionierstatus“ habe, wie Franz sagte. Sie sprach wie von einem vormals leeren Raum, ohne Geschichte, der ihr alle Möglichkeiten biete, und die Miete sei „noch okay“. Auf der Treppe zum Eingang hockte Zsu, ihr Lächeln wacker, entschuldigend. Sie hatte mich am Abend zuvor begrüßt mit einer Festigkeit in ihrer Umarmung, die ich lange vermisst hatte. Ein trauriger Ort sei der 8. Bezirk für sie geworden, hatte sie gesagt, als sie mir Franz' Laden beschrieb. Der liege zwar nicht im Kern des Sanierungsgebietes, die Mieten seien trotzdem stark gestiegen in den letzten paar Jahren. Im „Achten“ sei spürbar – *noch* spürbar, betonte Zsu – etwas abgebrochen, scheinbar überholt und unerwünscht.
Franz schien müde, überdreht, stolz. Die Hände in die Hüften gestemmt, stand sie vor mostanis Eingang: „Für Publikum und Band ist es zu klein, es darf halt auch nichts kaputtgehen. Wir werden im Schaufenster spielen, die Boxen und die Leute sind draußen. Ich sag euch, das wird so gut!“
Rauschen. Der Waldkauz verstummte. Fell streifte meine Wade.
„Nein“, sagte ich.
David blies seine Backen auf, Franz drehte sich zu uns um.
Ein paar Minuten lang prallten Argumente aufeinander: Mein Geburtstag – Tier im Käfig – Wir haben doch immer alles durchgezogen – Aber auch immer alles *gemeinsam* geplant – Ich hab mir hier was aufgebaut, kann ich nicht Unterstützung erwarten? – Ich werde vor vollendete Tatsachen gestellt, als hätte ich nichts damit zu tun – Freiheit! – Egozentrik! Und übrigens: Weggucken

– Machen! – Nach deiner Pfeife tanzen – Loyalität!
Und übrigens: nach meinem *Schlagzeug* tanzen –
Fick dich.
„Semmi baj. Deine Entscheidung“, sagte sie schließlich.
„Ich frage Zsu, ob sie einspringt.“ Sie wandte sich zu
David: „Machst du wenigstens mit?“
Er machte. „Dann lass uns über die Technik sprechen.“
Damit gingen sie in den Laden.

Feierliche Neu-Eröffnung (ohne Ana)

Allein stellt sich die Frage – wozu? – schärfer. Wozu dieses merkwürdige Buch? Überhaupt: Was will sie denn? Die da. Ich stelle mich neben mich und schüttele den Kopf. Unter großer Kraftanstrengung stelle ich mich wieder in mich hinein, nicht ganz passgenau, und trotzdem dauert es einige Stunden. Dazwischen vergeht die Zeit, auch sie ein ewiger Vorwurf. Das Recherchebuch ist ein Krampf geworden. Wann immer ich es aufschlage, nennt es einen Namen. Ana. Noch ein Vorwurf. Mein Stift kratzt. Von Leichtigkeit zu schweigen, fehlt die Kraft, die ich dem Zweifel entgegenhalte, anderswo, und ich altere schnell.

Doch das gehört ja alles hier nicht hinein! Ach ja? Sinnvoller als die Knock-Out-Frage – wozu? – ist vielleicht doch zu fragen, was warum hier hineingehört, und was mit was zusammenhängt. Der Kram in meinen „Tagebüchern" da, das zusammengetragene geschichtliche Material hier. Das Tun als Spießrutenlauf da, die Zitate und Fakten und Sachlagen hier. Oder Gegenwart und Vergangenheit. Individuelles und übergeordnete Historie.

Es ging ja um uns. Geht es noch. (Verbiete mir die Fragezeichen.)

Stunden um Stunden für wenig Greifbares und die Hoffnung, dass daraus etwas wird, das nicht nur quält. Oder anders quält als ich mich. Anders als ich. Es ging ja nicht bloß um uns.
Geht's noch?

So stand ich im Bezirk, allein. Den Kopf im Nacken: hohe, dunkle Fassaden, manche löchrig, wuchtiger Stein, riesige Fenster, Portalfiguren mit abgebrochenen Gliedern, an den Bruchkanten hell, und hochgeschossene alte Bäume an offenliegenden Brandmauern. Das Kinn an die Brust: Kopfsteinpflaster, uneben, rund gealtert wie im Bett eines Flusses. Geradeaus: das blanke Weiß eines Unternehmenssitzes, an seiner glatten Schale rutschen Blick und Hände ab. In immer größeren Kreisen spazierte ich um mostani, seither flackern und pochen die Abdrücke der Straßenzüge in mir. Melancholisch schön sind sie, und brutal. Kurz meldete sich eine Sehnsucht, dort zu bleiben, als Drama: mich einem Untergrund anzuschließen, von dem ich unbedingt glauben musste, dass es ihn gab, dass er nicht ausgewandert war, während Ahnungslose wie ich und Franz einwanderten. Tragisch würde ich mich verausgaben gegen den Status quo.

Gedankenklischees, die sich aufdrängen, wenn man abgeschnitten ist und hilflos. In ihnen ist man selbst eine Geschichte – und eine alte dazu.

Das Schaufenster, hinter dem Franz, David und Zsu am Eröffnungsabend spielten, passte plötzlich zu meiner Stimmung. Sie spielten gut, ich kannte das ja: Franz ließ sich so etwas nicht verderben, ließ nicht zu, dass ihr etwas Platz im Kopf nahm, den sie für Wichtiges brauchte. Sie war ganz da, riss mit und hielt alles zusammen: David, Zsu, Tamás an der Bar und die Leute auf der Straße. Nur ich sah das alles wie unbeteiligt. Abgetrennt neidete ich den anderen nichts. „Sie hat allen von dir erzählt“, hatte Zsu gesagt, in deren Bett ich seit dem Streit geschlafen

hatte. „Sie wollte dich unbedingt vorstellen. ‚Du musst Ana kennenlernen', hat sie ständig zu Leuten gesagt." Zsu drückte ihr Kinn in meinen Bauch. „Was ist nur mit euch los?", fragte sie, und tiefer: „Das ist wie Streit im Paradies." „Ja", flüsterte ich, „genau so."
Einige Tage nach der Feier saßen Franz und ich an ihrem Küchentisch. Beide erwarteten wir von der anderen eine Erklärung. Franz zündelte eher unmotiviert: Ob Zsu mich schön getröstet habe, besser als ihre Schwester und so weiter. „Dein Mackertum ist schlechte Anpassung", zitierte ich. Das alles verfing nicht. Wir wissen, wo es der anderen wirklich weh tut, und wissen, dass wir das wissen; es verliert seine Wirkung. Nach Jahren erkennen wir darin vor allem die Verzweiflung der anderen, und das war es, was uns immer wieder einen Weg finden ließ. Jetzt aber schoben wir zwei Steine aufeinander zu und warteten, dass etwas geschah. Nah am Hass. Franz' Entschlüsse standen fest, fester denn je nach meinem „Auftritt hier". Irgendwann stand sie auf, holte etwas, das sie vor mir auf den Tisch legte, einen abgeranzten Collegeblock. „Lies das, wenn du willst, und dann mach damit was auch immer. Ich brauche es nicht mehr." Vielleicht verstünde ich sie dann, reden wolle sie jedenfalls nicht mehr, sie habe es „durch". Im Rauch ihrer Zigarette fing ich ihren Blick, forderte ein letztes Mal Antwort: „Warum brichst du alles ab?" Sie schüttelte den Kopf. „Mert a Balaton túl sekély ahhoz, hogy megfulladjon. – Weil der Plattensee zu flach ist, um sich zu ertränken." Und grinste. „Ich hab nen Song geschrieben mit der Zeile. Auf Xylophon."

Den Rest der Zeit verbrachten wir, wenn überhaupt zusammen, dann in der großen Gruppe mit David, Zsu, Mads und Tamás. Der Hohlraum zwischen uns drückte zwar gegen die Magenwand, vor der Abreise aber graute mir mehr, obwohl ich fand, es war höchste Zeit. Nur einmal schlug ich den Collegeblock auf, den Franz mir gegeben hatte, huschte über die Zeilen in Krakelschrift, adressiert an Franz' Therapeutin, und klappte ihn rasch wieder zu. Ein Fotoporträt von Artur fiel heraus, auf dem er breit und vorbehaltlos lachte wie ein Kind. Ich schob das Bild unter einen Stapel Papiere auf Franz' Schreibtisch und gab es damit rückblickend für das Archiv verloren.

Kurz darauf – David und Mads mussten das freie Zimmer in Franz' Wohnung ohnehin für Airbnb-Gäste räumen – fuhren David und ich ohne Mads, der noch eine Weile bleiben und Party machen wollte, ab. Den ersten Teil der Strecke über die Landstraße. An einem Feld irgendwo kurz vor Bratislava setzten wir uns in die offene Hintertür des Busses und spielten Gitarre; ich hatte meine während der gesamten Zeit in Budapest nicht berührt. So saßen wir eine ganze Weile, meist wortlos, wie in einem Hippietraum, nur ernüchtert. Kris lässt sich für einschneidende Erlebnisse Piercings stechen; sie vergleicht das mit den Knoten in einem Faden, die schon frühen menschlichen Kulturen als eine Art Schrift, als Erinnerungssystem gedient haben, und vermutlich als Schmuck zugleich. David und ich improvisierten in einschneidenden Momenten Musik. So verband sich das Ereignis mit einem Klang und wir schufen uns unwillkürlich einen Code, mit dem eine Bemerkung wie: „Erinnerst du dich an diese Session vor dem Dinosaurierpark?“ ein ganz anderes Ereignis meinte. Selbstverständlich hatte Franz diese Technik mit uns geteilt, bislang. Zukünftig würden wir uns daran erinnern müssen.

Ich schrieb ihr ja wirklich einen Liedtext, nach dem Tag am See, als entfernte Freundinnen von mir bei uns in Berlin zu Besuch gewesen waren und vorgeschlagen hatten, sich zu treffen, schwimmen zu gehen. Zu meiner Überraschung war Franz mitgekommen. So, wie sie dann im See getobt, alle unterhalten und sich dennoch zu mir auf den Betonboden gesetzt hatte, als wäre da eine Verbindung, dachte ich, es könnte doch eine winzige Verschiebung stattgefunden haben. Sich etwas ändern.

meine strenge sie schwimmt im see
sie treibt
treibt treibt auf dem rücken
von drinnen klopfte sie an mich und schnitt
jetzt treibt sie
treibt treibt

gepanzertes tier umspült schaut es
auf ins blau und lässt los
my rigour it drinks from the lake
meine strenge sie trinkt vom see
sie sinkt
sinkt sinkt

liebes untier geknüpft an mein bein
kraulend zieh ichs an land
we sit by the water – clear mild wet
wir sitzen am wasser klar mild nass
sitzen lange allein

in nächten schwamm ich im see
trieb ich sank und zog
float sink pull

Wenige Tage später war sie weg. Den Text werde ich ihr nicht mehr geben, er ist ohnehin grässlich. Auch keinen weiteren Brief werde ich schicken. Gestern kam wieder eine Karte von ihr voller Banalitäten und Angeberei. Kein Kontakt, der gehalten wird, nur die abertausendste Negation davon. Auch niemals eine Einladung, zu ihr zu kommen. Die Karte habe ich

weggeworfen, das habe ich noch nie mit persönlicher Post gemacht und es heute schon leise bereut.
Dass Ana sie besuchen wird, weiß ich ausgerechnet von meiner Mutter, und manches andere aus dem Internet. Dass Anas Kollektiv Blessuren heißt und Franz' Laden mostani. Dass Ana der analyse & kritik ein Interview gibt, in dem sie von den Schwierigkeiten erzählt, Gelder im Kollektiv umzuverteilen für organisatorische Posten, die keine Förderung erhalten. Dass das Konzept noch nicht tragfähig sei, bei den geringen Gagen, die die einzelnen Mitglieder des Kollektivs als Tontechniker:innen, Bühnenarbeiter:innen, Musiker:innen erhielten, und auch eigene Veranstaltungen der Gruppe das bislang nicht ausgleichen könnten. Dass sie aber auf die Dauer setze, das heißt „ungeduldige Ausdauer", so wird sie zitiert. Dass Blessuren den Druck auf die Branche erhöhen und zugleich den eigenen Weg „solidarischer Veranstaltungsstrukturen" gehen wollen. Bislang müssten die meisten im Kollektiv sich immer noch mit Nebenjobs abstützen, „also erstmal weiter: Standbein, Spielbein."
Ich erfahre, dass Franz auf einer Designmesse ist, der Laden kurz vor der Eröffnung steht. Dass mir Instagram nicht mehr erlaubt, mich länger auf Profilen umzusehen ohne eigenen Account. Dass Zerrbilder oder gar keine Eindrücke mehr bleiben – es sei denn, ich könnte auf die eigene Erinnerung vertrauen, sie mir nicht verhunzen lassen, ein frommer Wunsch.
Manchmal in den letzten drei Jahren hielt mich das freie Radio. Ich begeisterte mich für die Form, die Technik, am meisten die Menschen: die Schönheit der Bewegung

von Fingern an Schiebereglern, raue Stimmen, Lippen, die Mikrophone streifen, und das jahrelange Ehrenamt macht die Menschen zäh in ihrem Eigensinn. Ab und zu wurde eines unserer Stücke von den Öffentlichen übernommen. Nur kam es mit Begegnungen dort wie überall. Je näher sie geraten, desto wahrscheinlicher, dass mich kleine Unstimmigkeiten, Misstöne, Fehler, die ich mache, so einnehmen, dass ich zerspringe, dann meine Scherben wieder aufsammeln muss und, immer müder mit den Jahren, den Gedanken abschütteln, mir ein Ende zu machen. Schwierig auch, gerade das niemals erzählen zu können, denn welche Freundschaft sollte diesen Druck überleben. Schnitte vom feinen Grat zwischen Anvertrauen und Manipulation. Als Ausweg immer wieder nur Rückzug, allein bleiben, dann mit mehr Distanz erneut ansetzen, sich vielleicht nochmals annähern, lieber nicht zu sehr. Spule. Quietschend. Tinnitus.
In der Zwischenzeit produzieren meine Freund:innen beim Radio Stücke mit anderen Menschen, verbringen Zeit und gehen weiter. Neid, der ungebeten über mich kommt, ätzt Trichter in meine Gedanken, peinigt, also peinige ich mich. Nichts dringt nach außen. Ich sitze im Heim-„Studio“, das schlecht klingt, mache Aufnahmen und Pläne. Doch meine Begeisterung dabei nimmt ab, wenn ich an die Grenzen stoße, die mir das Allein-Tun auferlegt. In regelmäßigen Zyklen ist das alle zwei-drei Jahre der Fall. Dann wechsle ich die Form: Fotografie, Dramentext, Performance ... Man kann es weit bringen auf diese Weise. Andere werden denken, man sei talentiert. Daneben, wegen des Geldes, kann man Korrekturen

machen, Kunstkataloge lektorieren, alles selbstständig, kommunizieren größtenteils per Mail.
Um wirklich aus den Rahmen zu treten, müsste man in Kontakt treten können, nicht nur netzwerken, was mir schon gar nicht gelingt. Dann ist da Ana in der Zeitung, und wieder bin ich nah am Sprung.

Nach der langen Stille zwischen uns, und zynisch von Budapest her, vermutete ich, dass Kris mich anrief, um etwas von Franz zu erfahren. Ich hatte sie beide so satt und ließ meine Worte in den Hörer tropfen wie eiskaltes Wasser – sie solle selbst mit Franz sprechen; da hatte sie kaum Hallo gesagt. „Ich bin nicht euer scheiß Fels in der Brandung."

Es ist leicht, Kris zu unterschätzen. Sie rief ab da öfter an. Einige Zeit später verabredeten wir uns in Berlin, und als sie kam, ließ sie mich all meine Enttäuschung über Franz auf den Parkrasen kippen, bis mir die Tränen kamen, und schaute dabei so aufrecht, wie sonst nur das Tier. Sie legte mir eine rote Jeansjacke um die Schultern und brachte mich mit dieser Geschichte zum Lachen:

Ich bin auf einem Konzert, ich denke an Möglichkeiten, ausnahmsweise nicht als verpasste. Eigentlich pochen sie in mir, lösen die Spannung im Nacken mit jedem Takt etwas mehr. Ich trinke nichts als Wasser. Als ich die Jacke rot aufblitzen sehe, nehme ich den Gedanken einfach an, dass Franz zurück ist, gehe durch die Menge auf sie zu, um mit ihr zu tanzen und abzuschütteln, was war. Ich arbeite mich nach vorn, auf den sich wiegenden Rücken, auf die fliegenden Arme in roter Jeans zu, und tippe ihr schließlich auf die Schulter. Artur dreht sich um. Natürlich, er hat Freunde in Leipzig, war auch früher öfter hier, womöglich ist er umgezogen. Er streift meinen Blick, zieht sogleich das Kinn hoch, schaut nach vorn und tanzt weiter, als hätte er mich nicht gesehen oder erkannt. Ich stelle mich direkt vor ihn und starre, bis er die Flucht ergreifen will, sich scheinbar lässig zum Gehen umdreht. Ich fasse den Kragen der Jacke in seinem Nacken, halte sie, er geht, die Jacke rutscht von seinen Schultern, es ruckelt, als sie über seine Handgelenke gezogen wird, er geht weiter, die Jacke bleibt in meiner Hand, auf links gewendet. Schon fast am Ende der Tanzfläche angekommen, hält er inne, dreht sich um. Jetzt erst schaut er mich direkt an, schüttelt vehement den Kopf. Er hat es sich anders überlegt und kommt nun, plötzlich wutentbrannt, zurück, um sie sich wiederzuholen. Da ist da Lied aus, die Leute klatschen, rufen, ihre Unterkörper halten inne. Ich tauche ab, schwimme zwischen Beinen hindurch, an Hüften und Hintern entlang seitlich aus der Menge heraus und renne. Ich hab sie!

Ana hatte Angelika Nguyen zitiert. Diese sagt in derselben Quelle auch:
„Ich konnte und durfte das, was ich an Stärke und Kreativität von Zuhause mitbekommen habe, entfalten. Das ist überhaupt nicht selbstverständlich. Der Mauerfall hat Stärken und Schwächen in den Biografien der Menschen hervorgebracht. Fakt ist, dass sich auf eine ganz brutale Art beweisen musste, ob man diesen Übergang jetzt schafft, ob man daran wächst oder nicht. Ich kenne Menschen, die damit immer noch hadern, und ich kenne welche, die daran zugrunde gegangen sind – trotz ihrer guten Ausbildung, trotz ihrer Berufs- und Lebenserfahrung. Es ist also nicht unbedingt eine Altersfrage, sondern eher die Frage, was jemand mitbringt an persönlichen Ressourcen und an Potenzial, was jemand an Widerstandskraft entwickeln konnte und welche Basis jemand hat.“ (in Piesche, S. 27)

Mich beschäftigt hieran: das Ineinandergreifen von persönlichem Fundament (das für sich auch niemals ganz privat und nur familiär sein kann) und gesellschaftlichen Bedingungen, die „auf ganz brutale Art“ erfordern, sich zu beweisen (und für die im Privaten Entschädigung, Trost gesucht wird).

Wer stünde ganz außerhalb dieser
Bedingungen, um schadlos Trost zu spenden?
Eben.

Das Ineinandergreifen ernst zu nehmen,
hieße: ein Stück weit von den Müttern
abzulassen,
d. h., sich nicht immer und immer, nicht
ausschließlich!,
an den (vermeintlich) privaten und familiären
Bedingungen zu reiben, für die die
Mütter herhalten müssen, auch in der DDR
herhielten. Denn so tief Gewurzeltes
wird nicht allein per Gesetz lösbar. Bestimmt
waren die Gesetze auch längst nicht gut
genug.

Ein Beitrag aus der westdeutschen marxistischen Frauenbewegung, ich finde, er passt
auch hier:
„Die Familie ist der Bereich der Frauen; das,
was sie dort tun, ist selbstverständlich,
sie sind unmittelbar tätig, je besser sie ihre
Aufgaben erfüllen, um so unsichtbarer
sind sie. Wahrscheinlich wäre ein Sichtbarmachen der Frauen nur möglich, wenn
man nach dem Versagen der Mütter fragt."
(Ketelhut in Haug/Hauser *Subjekt Frau*, S. 115)
Oder er passt auch nicht. *Subjekt Frau* erschien
1988, die Rede ist von der reinen Hausfrau,
abhängig von einem Mann mit Ernährerlohn –

eine Konstellation, die es in der DDR
kaum gab.

Aber: symbolisch-ideologisch (sittlich?) wirkte die Zuweisung Frau → Heim fort,
zusätzlich zu oder unvermittelt neben Frau → Gesellschaft (Produktion, Politik, zumindest auf kommunaler Ebene).
Dann die (versuchte) Zurückdrängung der Frauen aus der öffentlichen Sphäre durch die Transformation zum Kapitalismus.

Wende-Mütter. Nicht wie die Wende-Jacke, für viele Gelegenheiten: fröhliches Muster da, beständige Unifarbe dort, so tröstlich, wie eine Jacke nur sein kann. Die Mütter können sich nicht stülpen, und verlangt ist ja noch viel mehr.
Wer wäre weniger geeignet, schadlos Trost zu spenden?

Aber Küchenpsychologie, auch professionelle, zeigt auf das Versagen der Mütter.
Es ist maßlos ungerecht.

Zugleich: Die Empfindungen haben die Kinder nun mal, die Schmerzen, Erinnerungen. Das alles schwächt sie wiederum
für den Kampf am Arbeitsmarkt und auf Social Media (oder prädestiniert dafür (– was mit Träumen auch nichts zu tun hat)).

Wenn sie fallen, landen sie partout nicht auf den Füßen. Und andere sehr wohl.

Fast jede Nacht falle ich im Traum, oder Franz fällt von einer Budapester Brücke, oder ein Tier, das mir anvertraut war. Wir fallen von Architekturen ohne Brüstungen und Geländer, freistehend. Die Architekturen sind nicht für Menschen gemacht.

Ein Stück weit von den Müttern ablassen.

Ungefähr:
Die gute Gesellschaft wäre nicht nur eine, in der die Bedingungen für stabile Fundamente, Beziehungen, gegeben wären – denn persönliche Verwerfungen wird es wohl immer geben, selbst wenn Menschen nicht mehr arm geboren würden.
Die gute Gesellschaft wäre vielmehr eine, in der auch ein schlechtes Fundament den Menschen nicht so sehr determinierte – weil er nicht stetig weiter um Existenz kämpfen müsste, sich beweisen, es schaffen, und das immer wieder, ohne Ankunft; es schaffen, aber keiner weiß, was.

Bedingungen für Verarbeitung, geistig-
emotionale Entwicklung,
für Sprünge.

Wäre darin Trost genug?

Ein Liebespaar wurden wir, falls wir je eines gewesen waren, nicht wieder, wobei Kategorien wie diese mit jedem meiner Jahre an Bedeutung verlieren.
Ich habe gelernt, Haken auszuwerfen, wenn Kris abzutauchen droht. Habe gelernt, dass sie verlässlicher und hartnäckiger ist, als die meisten Menschen, die es weniger kosten würde.
Bis heute nervt sie mich, wenn sie, während sie redet, immer leiser wird und keine klare Entscheidung zum Sprechen oder Schweigen trifft. So klang sie, als ich sie schließlich nach unserem Recherchehefter fragte. Ich war auf dem Weg zu meiner Mutter, um sie zu bitten, ein Gespräch mit mir zu führen, das ich aufzeichnen darf. Ich wollte sehen, ob etwas von dem, was wir damals im Hefter zusammengetragen hatten, helfen könnte, Wlada davon zu überzeugen. Es war das Jahr des 30. Mauerfalljubiläums.
Seit wir uns wieder angenähert hatten, war ich nicht in Kris' Wohnung gewesen. In den ersten Monaten war es eine unausgesprochene Vorsichtsmaßnahme zwischen uns, die Wohnung der anderen zu meiden und uns nur draußen zu treffen. Mein Besuch war angekündigt, sein Grund aber nicht, und Kris schlief kurz das Gesicht ein, als ich sie nach dem Recherchebuch fragte. Dann folgte ich ihr ins Schlafzimmer, wo an einer Wand ein Stapel von Kartons stand, der maß eine Länge meines Arms in der Breite und reichte mir bis zum Schlüsselbein. Sie suchte einen davon heraus, er war schmal und gut verschlossen. Erst fummelte sie an dem Klebestreifen, zögerte dann, drückt ihn schließlich wieder fest und hielt mir die Pappkiste

im Ganzen hin. Ich fragte, was das sei, ich wolle doch nur das Recherchebuch. „Nein, nimm das gleich alles." Ihre Augen flitzten von mir fort, meine rollten. Warum machte sie das hier so kompliziert. Kratzig. Kantig. Kris, die Krallen nach innen.
Man darf sich nicht abschrecken lassen, also fragte ich trotzdem mehrmals, was das solle, das und der Stapel schäbiger Kartons im Zimmer, der ihrem ästhetischen Sinn widersprach. Ihr Erklärungsversuch wurde nicht rund, obwohl sie sich bemühte: ein Umzug, den sie vorgehabt habe, der dann „irgendwie" nicht stattfand, einige Dinge habe sie dennoch nicht wieder ausgepackt und schließlich festgestellt, dass sie sie auch nicht brauche ... Vielleicht log sie so ungeschickt, um keinen Druck aufzubauen. Langsam pendelte sie sich auf einen übermäßig lockeren Ton ein, als sei es ihr einfach ein bisschen egal, was mit dieser Kiste passiere. Nur die Stimme machte nicht recht mit und trieb ab.
Immerhin war sie nicht verschwunden, sondern noch da, sichtlich angestrengt, auch da zu bleiben. Ich denke nicht, dass man das verstehen muss, um ihr eine Hand zu reichen. Zwar habe ich meine Vermutungen über ihren Zwiespalt zwischen Gehen und Bleiben und denke, ihr ist klar, dass beides zusammen keinen Sinn ergibt, dass ihre Entscheidung die allermeiste Zeit felsenfest steht. Doch ist das alles nur Spekulation und wenig wichtig – ich habe mich für Kris entschieden und gegen die Annahme, dass sie mich erpressen will. Das weiß sie nicht, und es ist gut so. Außerdem hat sie inzwischen eine Katze, die würde sie sowieso nie

im Stich lassen. Denn eigentlich ist Kris eine Boje, auch das weiß sie nicht.
Was die Kiste angeht, sagte ich: „Gib schon her."
Darin: Aufzeichnungen in Heften, Briefe, Karten, Zettel, eine Festplatte. Und das Recherchebuch.

Wir stürzen uns auf den Papierhaufen, stieben mit den Nasen hinein und bringen alles aus der Ordnung. Wir verbeißen und verkrallen uns in den Seiten, reißen sie in Stücke und quieken. Mit allen Vieren verscharren wir die Fetzen im Sand, springen um die Stelle, wo wir buddeln, dann ins Wasser, und legen uns schließlich erschöpft nieder. Wenige Papierschnipsel zieht der Wind noch über den Strand, zieht die Welle hin und her, bis sie sie schlucken. Wir liegen, sind einander warm, nur stimmt etwas nicht mit mir. Mir wird nicht leichter, im Gegenteil. Ich bin zu weit gegangen, sogar für die Phantasie. Mein Blick haftet auf dem Tier; zufrieden schläft es, aber ich habe Angst, es zu verlieren.

Das Ticket, auf dem du ins Museum fährst

Das Kollektiv Blessuren im Gespräch mit Mareike Kern. Früher bekannt als Mare, war sie eine der wenigen Pionierinnen elektronischer Musik in der DDR.

[Mareike Kern]: Derzeit mache ich Klangschalen. Mit der Keramik verdiene ich schon eine Weile einen Teil meines Lebensunterhalts, und nun mache ich also diese Schalen aus Keramik und verbinde das Handwerk wieder mit der Musik. Ich habe da verschiedene Versuche durch, mit Mikros, die ich in die Schalen hänge, und anderen Effekten, aber ich merke, so etwas macht live viel mehr Spaß und Sinn, wenn es auf die Situation ankommt und dieser Funke der Improvisation auf viele Menschen überspringt. Aber nun trete ich ja aktuell kaum mehr auf, was auch eine bewusste Entscheidung ist, also sage ich das ohne viel Wehmut. Jedenfalls suche ich gerade nach Ausdrucksformen, die solitär funktionieren, weniger frickelig sind, wie eine Klangschale eben, ohne Effekte.

[Blessuren]: Wir haben dich kennengelernt auf und hinter der Bühne des Test-Festivals, das du hier auf dem Land in Thüringen vor ein paar Jahren organisiert hast. Wir waren als Tontechniker:innen dabei. Alle haben alles ehrenamtlich gemacht, und aus jeder Ecke kam die verrückteste Musik, alle waren Musiker:innen oder wurden es für die Dauer des Test. Was ist aus dem Festival geworden?

Das war eben hier um die Ecke auf einem alten Bauernhof, den ich mit meinem Partner und ein paar Leuten damals übernommen hatte, jetzt bin ich hierher in das kleinere Häuschen gezogen, und aktuell ist der Hof leer. Test, der Name, hatte mit dem Experiment zu tun, klar, und da ist das Scheitern oder so immer schon mit drin. Test heißt aber im Ungarischen auch Körper, das hab ich zwar damals nicht gewusst, als wir den Namen festgelegt haben, aber inzwischen verstehe ich das fast nur noch so: Also es ging um den Körper, das ist ja ganz klar bei Musik, für mich zumindest, aber das Ganze war eben auch Bewegung, in Bewegung. Und sterben kann es auch. Das Test war wirklich ein sehr besonderer Raum, es kam eine unglaubliche Kraft zusammen, und ich war, oder wir waren – denn wir waren ja eine Gruppe von Leuten von früher, die das zusammen gemacht haben –, also wir waren wirklich froh und stolz, dass es nie zu einer Konsumsache wurde. Fast alle, die da waren, fühlten sich irgendwie mit verantwortlich fürs Machen, und die Trennung Publikum und Bühne gab es sowieso fast nicht, so, wie ihr das gerade auch beschrieben habt. Also, das war wirklich ein atmender Körper. Aber auch gefährdet, gewissermaßen. Wir wollten das eben nicht aufgeben, das Unkommerzielle und nicht Konsumorientierte. Das war ein Wahnsinnskraftakt, also alles ohne Sponsoring zu machen und ohne eigentliche Eintrittspreise und mit diesem immensen Kommunikationsaufwand, weil das ja nicht die Art ist, wie Leute sonst in Beziehung zueinander treten. Natürlich passierte das nicht ganz von allein, dass wer kochen konnte, eben kochte, und wer's noch nicht konnte, es sich zeigen ließ und so weiter.

Bei uns ist tatsächlich auch oft eine junge Frau mitgelaufen, die jeden unserer Handgriffe beobachtet und

Fragen gestellt hat, die war zu unserer Praktikantin geworden, einfach so, und der haben wir am zweiten Tag auch schon Aufgaben übertragen und sie ans Mischpult gelassen.

Genau, und das klingt utopisch, und utopisch bedeutet in der Praxis erst mal: ungewohnt. Also kostet es Kraft. Es gibt auch massig Kraft zurück. Bloß, in der Nische, wo drumherum das meiste bleibt, wie es war, stimmt das Verhältnis vielleicht nicht ganz. Ab einem bestimmten Alter wollte ich das nicht mehr, und generell finde ich auch, man muss loslassen können. Ich will auch gar nicht immer dasselbe machen.

Das gilt auch für deine Kunst, oder? Du hast die Medien immer wieder gewechselt.

Das ist sicher was Charakterliches und hat noch andere Anteile. Zum einen ist da das Material – wenn man mit Material arbeitet. Ich habe ja phasenweise mit allem Musik gemacht, das mir über den Weg lief, und so waren ja auch unsere frühen Live-Auftritte mit Greifautomat. Und eine Konstante am Anfang war halt das Tonband, für Aufnahmen, aber auch zur Erzeugung von Klang. Ich habe da viel gebastelt, und das war für die Zeit wirklich ganz frauenuntypisch in der DDR. Wenn überhaupt, dann haben die Frauen im Untergrund gesungen, echt wenige haben Instrumente gespielt, und so Bastlerinnen, die Tonbänder schnitten und Bandmaschinen umbauten, so Freaks, ne, da gab es nur Herren, so weit ich gucken konnte. Aber mich zog das an. Und dann auch wieder nicht, dann stieß es mich nämlich wieder ab. Das ganze Material. Die Maschinen, die Haspeln, Kabel, das Band. Zum Verheddern, wirklich. Ich will sagen: Dass ich immer wieder Neues angehe, ist auch wie so ein Ballastabwerfen, und das agiere ich am Material aus. Also irgendwann habe ich das mit den Tapes nicht mehr ausgehalten und wurde das Zeug los. Und so ungefähr ist das immer wieder. Und gleichzeitig reicht mir halt das Digitale auch nicht. Damit hast du zwar so eine Effizienz in vielen Dingen, also logistisch und so ist vieles leichter, aber es fehlt mir dann das Haptische und das Situative, aus dem eigentlich das meiste an Ideen bei mir entsteht. Trotzdem bedrückt mich der ganze analoge Kram irgendwann doch wieder, die Dinge, die alles vollstellen, selbstgebaute Instrumente, Kinderspielzeug, Innereien alter Radios, was weiß ich, hatte ich jedenfalls alles. Besuch kommt rein und denkt, er steht im Trödelladen. Nach längerer Arbeit damit quetscht mich das quasi ein, das wird so elend schwer. Ja, und dann werfe ich das ab. Bloß: Dann suche ich mir was Neues, und ein paar Jahre später komme ich wieder an denselben Punkt. Das ist immer so ein Kreislauf, ich lerne es offenbar nicht. Jetzt stapeln sich hier die Klangschalen, mal sehen, wie lange ich das noch aushalte. Ich will sagen, da drin ist auch so was Nomadisches, so eine Angst, sich einem Ort zu sehr zu verpflichten, schon weil man so viel da aufgebaut und angehäuft hat, und ein Teil von mir will doch immer noch in der Lage sein, die Zelte abzubrechen, also auch diese Art von Freiheit zu bewahren. Aber ich wollte noch etwas zum Wechsel der Form sagen. Jetzt mal abgesehen davon, dass ich das auch einfach natürlich finde, sozusagen. Was aber auch dazu beigetragen hat, war halt der Wechsel zur Einheits-BRD. Wir haben vorher ja nicht Lo-Fi gemacht als

Stil und als Statement, sondern aus Notwendigkeit. Das war die Technik, an die wir rankamen, Aufnahmeräume gab es nicht und so weiter. Na ja, nach '90 wurde das halt ein Stil und auch so aufgeladen mit einem Gestus ... Und das war dann auch assoziiert mit einem Etikett. Wir waren ja nachher die Dissidenten. Ich spreche jetzt nicht über unsere politische Haltung, sondern über das, als was du dann verkauft wirst, oder das Ticket, auf dem du ins Museum fährst. Dann gibt es Ausstellungen, Preise, Interviews und Pipapo, aber da ist deine Kunst eben immer zurechtgehämmert auf das, auf die Opposition, oder eigentlich ist es egal, was du machst im Ohr oder auf ner Leinwand, weil das Label der Dissidentin auf allem drauf ist. Dem muss man in jeder Form widerstehen, finde ich, sich nichts drauf einbilden, gucken, dass man ein bisschen Geld absahnt und sonst schön auf Distanz bleiben. Jedenfalls habe ich auch deshalb das Tonband zum Beispiel hinter mir gelassen, weil dieser Sound stark mit diesem Label assoziiert war. Aber wie gesagt, am Ende ist es egal, wie du klingst, ich kann bis heute auf dem Ticket fahren, wenn ich will, und aktuell eher noch besser, weil das Interesse gerade steigt. Oder warum habt ihr das Interview angefragt?

Deine Geschichte können wir schlecht ausblenden, ja, und wollen das auch nicht – das kann ja nicht ernsthaft das Ziel sein, oder? Aber zum Gespräch treffen wollten wir dich einerseits, weil uns deine Geschichte spezifisch als Frau in der Männerdomäne des Underground in der DDR interessierte, wie du das damals und heute siehst, und wie Geschlechterstrukturen deine künstlerische Form beeinflussen. Und andererseits interessiert uns, wie du dich musikalisch entwickelt hast, welche Entscheidungen du heute triffst, und was die wiederum mit der Gesellschaft jetzt zu tun haben. Also, wie du alterst, mit Verlaub, welche Bedingungen des Lebenserhalts du heute hast.

In gewisser Weise sind diese Fragen ja klassisch für eure Generation oder einen Teil davon, und ich sag euch ehrlich, sie gefallen mir auch wieder nicht besonders. Und vielleicht ist es trotzdem eine Antwort, wenn ich sage, ich finde darin so etwas ... Stagniertes ... in diesem Fixiert-Sein auf strukturelle Kritik, auf die Lebensbedingungen, das habt ihr ja gerade auch gesagt. Ja, ich finde eure Generation eigentlich oft verkappt angepasst, und das betrifft gerade die Kritischen darunter. Sogar das Aufbegehren kommt häufig so offiziös daher, wie an der Uni gelernt. Ich will sagen: So wie ich das beobachte, nimmt das Abarbeiten an Strukturen den jungen Menschen die Energie. Energie fürs Ausprobieren von Alternativen, fürs Einfach-Machen. Aber nur so findet man Schlupflöcher! Nur als Beispiel, wenn ich in einer Landkommune immer schon die Ideologie und Rudolf Steiner und weiß ich was wittere – das kam uns bei dem Festival auch immer mal entgegen, dabei waren wir sicher keine Kommune –, dann probier ich das gar nicht erst aus. Also, persönlich hab ich da auch keinen Bock drauf, auf eine Landkommune, meine ich, aber das nur als Beispiel. Versteht ihr, was ich damit sagen will? Dass es so einen Grad an Aufgeklärtheit gibt, der kaum mehr

Erfahrung zulässt, weil ja alles irgendwie ideologisch oder strukturell verkehrt ist. Und dann bleibst du kleben an dem, was ist.
So ähnlich auch mit den Geschlechterdingen, und danach habt ihr ja auch gefragt: Ich hab halt in den 80ern und noch in den frühen 90ern auch oben ohne gespielt, und es waren Männer, die das fotografiert oder mal mit Super 8 abgefilmt haben, und die haben damit dann wieder Underground-Ausstellungen gemacht und später auch in „richtigen" Galerien nach der Wende – und da sag ich jetzt nicht, „ach, ich war Objekt, und die haben damit Geld gemacht", nee, nicht ich, aber das sagen mir die jungen Frauen heute! Dabei war das damals super, das war frei, ich hab mit vielen, eigentlich fast nur mit Männern gearbeitet, die waren meine Familie, und die gingen ja auch nicht in ihrem Geschlecht auf. Sicher, uns hat das auch zusammengeschweißt, die Stasi gegen uns zu haben, so ein winziger Haufen zu sein, und es brauchte ja nicht viel, um unangepasst zu sein – formal meine ich. Mut brauchte es schon oder Naivität oder Wut, so. Andererseits hat uns die Stasi ja regel-

recht das Gefühl gegeben, total wichtig zu sein und total krass. Und nachher waren wir wie gesagt Oppositionelle. Das ist schon radikal anders zur heutigen Zeit. Denn formal geht ja inzwischen alles, und alles gibt es tausendfach, und naiv seid ihr halt alle nicht mehr und wütend eher auf euch selbst, depressiv und so. Persönlich denke ich: Auf das ganze Offizielle, also den Markt, die Museen und eigentlich auch „die" Gesellschaft im Großen, darfst du nichts geben, auf kein System darfst du was geben, weil das doch immer etwas ist, was den Einzelnen übergestülpt wird und ihnen nicht gerecht werden kann. Stattdessen musst du versuchen, dich da nicht zu tief reinzudenken und dein Ding zu machen, das wäre das Ziel, du selbst zu sein.

Du bist doch aber durch deine eigene Zeit beeinflusst, ob du willst oder nicht!? Also, gibt man so nicht die Kritik auf? Das klingt halt auch angepasst, auf eine Weise.

Dein Lebensstil ist dann an sich schon Kritik, und ob sie ankommt, das darf

dich genauso wenig kümmern. Ich weiß aber auch gar nicht, ob Kritik das eigentliche Ziel sein kann. Genauso wie die Erwartung, mit der Musik oder der Kunst Geld zu verdienen. Beides hemmt dich. Ich für meinen Teil wär gern glücklich und lebendig. Und das geht in keiner Kategorie auf wie angepasst/unangepasst, kritisch/unkritisch und so weiter.
Jedenfalls sehe ich schon, dass die Situation heute schwierig ist, gerade für junge Menschen, weil die Gesellschaft an der Oberfläche gar nicht mehr so eine Reibungsfläche hergibt. Da ist sie ja libertär und halbwegs divers, und nichts stößt mehr wirklich an. Was schief ist, liegt viel weiter drunter. Deshalb verstehe ich euch oder eben diese Generation, auch die jüngeren Feministinnen, schon irgendwo. Und auf dem Land im Osten ist es noch mal anders. Da brauchst du wirklich noch Mut, vor allem, wenn du links bist oder schwarz. Da haste dann aber auch für Kunst wieder keine Zeit, sondern andere Sorgen, auch wenn du dort wenigstens noch eine günstige Wohnung oder einen Ausstellungsraum kriegen würdest. Und das besteht in dieser total modernen Gesellschaft fort und ist genauso

bekannt, wie niemand es wissen will. Ja, also ich sage, das sind schon Schwierigkeiten heute, auch wenn du nicht mehr auf den Jungendwerkhof kommst oder bespitzelt wirst, weil du dir im Keller von Helgas Schuhladen schwarze Farbe über den Latz geknallt, Percussion auf Aluminiumbechern gespielt und Jazz gesungen hast. Trotzdem: Irgendwie ist es doch zu jeder Zeit jungen Leuten gelungen, auszubrechen, warum sollte das ausgerechnet heute nicht mehr möglich sein? Das ist es jedenfalls, was mir aufstößt in der Gegenwart und wovon ich mich zurückziehe oder abschirme, diese neue Angepasstheit der Überbewussten. Und da kann es für mich tatsächlich viel sinnvoller sein, beziehungsweise noch wirkliche *Sinnsuche* sein, wenn meine Finger einem Ton Form geben, eine Schale machen; wenn ich mich, statt zu lamentieren, besudele mit Schlamm und etwas produziere.

VII. Wildnis

„Das kannst du nicht wegschmeißen", sagt Wlada. Das heißt, selbst mit der Phantasie hast du noch Arbeit, mit dem Material sowieso.

Am äußersten Rand des Geländes steht der alte Schuppen. Seine Wand zum Feld hin war zusammengebrochen oder zerhackt worden, nur noch einzelne geborstene Holzlatten säumten den Rand des Lochs. David und ich entschieden, diese Seite auch bei der Renovierung offen zu lassen. Heute haben wir das Fliegengitter eingesetzt, gespannt zwischen wenige Latten, die eine simple Tür verankern, auch sie nur ein Rahmen mit Netz. Ein kleines Vordach haben wir gebaut, für größere Unwetter und den Winter sollten wir noch eine Abdeckung konstruieren. Doch der Winter ist gerade vorbei. Dass wir ihn hier überstanden haben, bedeutet wohl: Wir bleiben vorerst.
Davids Großtante hat dieses Grundstück hinterlassen. Heruntergekommen, wie es war, schrie kein anderes Familienmitglied danach, das hätte David auch kaum übertönt. Es für einen Spottpreis zu verkaufen, wäre aber doch zu schmerzhaft gewesen. Großtante Herta war eine stolze Frau, ein Oberhaupt, deren Mann im Krieg verschollen geblieben war, da hatte sie schon ein Kind von ihm. Drei kamen später hinzu, von ihrem zweiten Mann, der früh verstarb. Der Respekt vor Herta reicht über ihren Tod hinaus, daher war Davids Familie sehr wahrscheinlich froh, die Überreste ihres Hofs auf ihn abwälzen zu können. Äußerlich aber – und ohne große Mühen, es vor ihm zu verbergen – schüttelten sie wieder ein bisschen amüsiert, vor allem überlegen die Köpfe über ihn,

statt ihm zu danken. „So ein Wahnsinn, diese Bruchbude im Nirgendwo wieder fit kriegen zu wollen ...“ Ich würde sie alle gern fortjagen, wenn sie zu Besuch kommen, als hätten sie hier dennoch mitzureden, aber David serviert ihnen Kuchen, jedes Mal. Ein Glück zieht es sie selten hier hin. Tief in Brandenburg liegt das Dorf, und am Rand des Dorfes Hertas Grundstück, dahinter nur noch Felder. Seit den späten 90ern verfiel es zunehmend, es wuchs, moderte und stürzte Herta über den Kopf. Heute stehen noch drei Schuppen als äußerer Ring zum Feld, mittig ein Riegel aus vier Garagen, drei halb von Brombeeren überwucherte Bungalows unter Bäumen am westlichen Rand und zur Straße hin das zweistöckige Haus, das auch als Pension genutzt wurde. Herta habe ihr Auskommen immer zusammengestückelt, sagt David, aus der Arbeit in der Wäscherei sieben Kilometer von hier, zu der sie auf dem Fahrrad fuhr, aus der Witwenrente, den Einnahmen aus dem Gästehaus. Außerdem hatte sie Hühner und einen Garten ausschließlich für Essbares. In einem der Schuppen fanden wir sauer eingelegte Bohnen von 1988. Auf ihrer Agilität hatte Hertas Lebensmodell aufgebaut, und als die nachließ, musste es langsam auseinandergebrochen sein. Unter Schutt fanden wir ein kleinformatiges Foto von ihr, wir hängten es in den Flur des Haupthauses. Ich sehe sie an und schüttele mit ihr den Kopf über ihre Kinder und Enkelkinder, die ihr kaum ein Stück der überlang getragenen Verantwortung abnehmen wollten. Also fiel alles von ihren endlich schwach gewordenen Schultern auf einen harten Boden. Ich weiß aber doch nicht, ob ich anders entschieden hätte als Hertas Nachkommen. Ob

Herta eine wie mich überhaupt in die Nähe ihres Hofes hätte kommen lassen. David glaubt, „für sie zählte nichts als die harte Arbeit. Wer arbeiten konnte, den achtete sie.“
Auf dem Foto sitzt sie nicht etwa mit den Händen im Schoß auf einem Sessel, wie es für ein Oberhaupt gemäß wäre; statt klassischem Schwarz-Weiß trägt es die prallen Farben der späten 80er, nachträglich vom alternden Fotopapier gebleicht. Herta steht mit einer Hand am Rasenmäher im Garten, der Wind zieht einige Strähnen der halblangen weißen Locken unter dem Kopftuch hervor. Ich meine, sie ermahnt die Fotografin, es gäbe gerade Wichtigeres zu tun als die Knipserei. Gefühlsäußerungen, die über ein Zucken der Mundwinkel in die eine oder andere Richtung hinausgehen, stelle ich mir an Herta nicht vor. Papperlapapp, sagt sie und schmeißt den gelben Mäher an. Los, mach dich nützlich.
Das Meer ist fern von hier. Doch der Mieterhöhung für unsere alte Wohnung kamen David und ich mit dem Auszug zuvor. Die Baumaßnahmen sind zwar teuer, ihre Kosten tragen aber Inga und Fabrizio mit. Sonst leben wir spartanisch. Die Märzluft streicht mir kühl über die schwitzige Stirn; das Tier horcht in die Weite, ihm geht es gut. Durch die offene Flanke des Schuppens beobachte ich den Einbruch der Dunkelheit. Später werden Sterne hinter dem Netz blitzen. Das Tier legt sich dichter zu mir, ich werfe uns eine Decke über, und sicher kommt David bald und fragt, was wir noch hier machen, es sei viel zu kalt. Ich blicke durch die Maschen in die Nacht, das Feld flimmert. Die Umrisse dreier Figuren heben sich darauf ab, sie scheinen sich immer wieder an die eigenen

Hälse zu greifen, als wäre da was. Mein Blick flimmert durch die Maschen, das Netz legt sich auf meine Augen. Als ich sie schließe, flackern die Umrisse weiter, sind wir noch da.
Das sind Franz, David und ich. Wir waren schon eine ganze Weile auf Bühnen unterwegs gewesen, als wir unser erstes Konzert in der sächsischen Provinz spielten, in einem Soziokulturzentrum in der Kleinstadt, in die Wlada und Harald Mitte der 2000er gezogen waren. Dieser Auftritt erschien uns schwieriger als alle zuvor, machte uns unsäglich nervös. Einen zäh kriechenden Nachmittag verbrachten wir in der Wohnung meiner Eltern und lenkten uns mit Gedanken über unsere Bühnenkostüme ab. Meine Mutter kam mit einer schmalen Schachtel ins Zimmer und bot sie uns an. Darin waren drei Spitzenkragen, zwei schwarz und einer weiß. Wir steckten sie uns gegenseitig mit einigen Nadelstichen fest; feierlich wie zur Vergabe eines Titels, zur Erteilung eines Ehrenworts, küssten wir uns abschließend auf den Mund. Wie immer in dieser Gegend, wappneten wir uns. Wie es David und ich auch jetzt in Brandenburg wieder tun. Franz mit dem schwarzen Spitzenkragen auf weißem Stoff. Unbewegt sieht sie mich an. Etwas schnürt meinen Hals, das ist der Traum, den wir nicht mehr teilen. Allein hat es mit dem Träumen wenig Sinn. Nicht, dass wir klar umrissene Vorstellungen gehabt hätten oder Pläne, nein, und das hier, vorläufig eine kleine Insel auf dem Land, ist sicher nicht ihr Inbegriff, noch nicht und womöglich gar nicht. Nichts vollständig Durchdachtes hatten wir, doch lief es auf Umstände hinaus, unter denen wir die Rüstungen würden ablegen könnten. Umstände, unter

denen wir unsere Härte nicht mehr benötigen würden, schon gar nicht zueinander. Nur hatten wir die Härte verfeinert über die Jahre, sodass sie auch aus Spitze sein konnte, leicht und elegant, kaum mehr zu spüren auf der Haut. Wenig wirkt so schleichend und so radikal im Menschen wie Gewöhnung. Ständig unterläuft sie mir, und ich muss mir Räume wie diesen Schuppen schaffen, die mich erinnern. David ruft, wo wir bleiben, es sei doch viel zu kalt.

Über den Winter haben wir in Hertas Haus nur die Küche mit der Küchenhexe und das Zimmer daneben als Wohn- und Schlafzimmer geheizt, parallel die anderen Räume im Erdgeschoss entrümpelt und ausgebaut, womit wir längst nicht fertig sind. Inzwischen poltert es auch im ersten Stock, wo Inga und Fabrizio gerade das obere Bad sanieren. Das sind im Moment alle Freund:innen, die dabei sind. Mads kommt vorbei, wenn er eben Lust hat, dann packt er immerhin ordentlich an. Ein paar andere beginnen, Interesse zu haben und Visionen. Wir werden sehen, was und wer davon bleibt.

Die augenscheinlich ältere der zwei schwarzen Katzen, die hier schon vor uns lebten, schleicht David beim Kochen um die Beine. Er schüttelt sanft aber ernst mit dem Kopf, als ich zum Flur hereinkomme: „Du wirst noch krank!"

Das Erkerzimmer ist jetzt kalt, doch tagsüber scheint die Sonne hinein. Hier habe ich eine Platte auf Böcke gestellt, als Schreibtisch, und eine zweite, größere Platte knapp über dem Boden auf Ziegelsteine gesetzt. Dort liegt die ganze Zettelei, wie ich sie geordnet habe oder nicht. Lose liegt etwa die Seite aus der Betriebszeitung, die unter

der Überschrift „Berufsbeste der Wirkerei“ Wlada neben ihrer Maschine zeigt. „Seit 1980 wird in unserem Werk der Leistungsvergleich der ‚Besten im Beruf‘ im Tätigkeitsbereich Raschelwirken geführt. Angeschlossen haben sich dieser Wettbewerbsform auch die Berufszweige Kokettwirken und Musterbaumschären. Der Entscheid findet am Nachmittag in einem der Betriebsteile in Form einer Zusatzleistung statt. Grundlage bilden drei Schwerpunkte, und zwar: praktische Arbeit, berufsspezifischer Teil, aktuell-politische Fragen.“ Und mit 187 Punkten zählte also Wlada Zertner zu den Besten, wie in der Bildunterschrift zu lesen ist. Die Wirkmaschine ist vergleichsweise klein, hatte sie mir erklärt, andere Maschinen wären 13 Meter lang, diese nur etwa drei. Über Wladas Kopf hängen mehrere Reihen Spindeln wie ein Dach, über hundert müssen es sein, von jeder läuft ein Faden in die Maschine, keiner darf reißen. Wladas Hand ruht auf der Spitzenbahn, die rechts von ihr über eine Rolle von der Maschine abläuft. Sie lächelt, nicht zu viel, trägt einen wild gemusterten Arbeitskittel, der bestimmt knallbunt ist und aus Dederon. Ein gewöhnliches Bild, auf dem ich sie nicht in der Art schön finde wie sonst, doch dass sie die Maschine mit ruhiger Hand beherrscht, fast tätschelt, gibt dem Foto Ausdruck. Ich muss ein Jahr alt gewesen sein, als es aufgenommen wurde.
Sie hatte sich zur technischen Zeichnerin weiterqualifizieren wollen, was später hinfällig wurde, da ab 1990 in allen Betriebsteilen Personal gekürzt wurde, viele Produktionsstätten schlossen ganz, neue Zeichner:innen brauchte vorerst niemand. Nach der Kündigung aus der Spitze fand sie über Umwege – einige Zeit war sie zur Aus-

hilfe Spülkraft im Kaufhausrestaurant – eine Anstellung in der dortigen Heimtextilienabteilung, Wareneinkauf. Mein Verdacht ist: Sie hat diese Arbeit gehasst. Ich erinnere mich, dass sie vor vielen Jahren davon sprach, eine Ausbildung zur Physiotherapeutin machen zu wollen, aber es war wohl zu spät, zu unsicher. Als Jugendliche habe sie gemeint, die Freiheit komme von allein, wenn nur die tägliche Sorge um das Wesentlichste wegfalle. Darum sei sie ja in die DDR gekommen, keine Bittstellerin, sondern eine mit Recht und einem Radio vielleicht, das sie nach Feierabend an ihr Fenster stellte. Laut und selbstbewusst ist sie unverändert, beschwert hat sie sich allerdings seit '90 selten, mir dagegen eingetrichtert, es, wo nötig, unter allen Umständen lautstark zu tun. Ich bin ihr Cudowne dziecko, es darf sich nicht wegwerfen. Mein Lebensstil beunruhigt sie in Wellen, doch Wladas Vertrauen in das Wunder und ihre Erziehung ist größer.
Ihre Augen machen seit ein paar Jahren Probleme. Sie spannen unaufhörlich, und auch ihre Sehkraft geht zurück, bald wird meine Mutter in Frührente gehen. Wir haben die Gewohnheit angenommen, dass ich ihr vorlese, wenn ich zu Besuch bin, während sie die Beine ausstreckt, einen kühlen Waschlappen auf den Augenlidern. Ich las in den vergangenen zwei oder drei Jahren mit ihr die Zeitung, daneben viel Elena Ferrante, Christa Wolfs *Ein Tag im Jahr* und mit tiefer Stimme Sylvia Chutnik im Original. Immer wieder einmal fragt Wlada danach, was ich gerade lese, und ob sie auch davon etwas hören könne. Zu so einer Gelegenheit zog ich Franz' geschundenen Collegeblock und eines der Notiz-

bücher von Kris aus meiner Tasche. Das Zeug der beiden hatte über Wochen auf meinem Regal gelegen und ständig von dort gekrächzt. Es weigerte sich, unter Staub vergessen zu werden. Oft bereute ich, es überhaupt angenommen zu haben. „So ist das mit der Liebe“, sagte meine Mutter altklug. „Wart’s ab“, erwiderte ich und begann zu lesen. Ich hatte das nicht geplant und wollte der Diskretion wegen nach ein paar Absätzen stoppen. Doch weder konnte ich aufhören noch hielt Wlada mich zurück. Sie lag wach und still und blieb noch eine Weile so, als ich fertig war. Schließlich zog sie den Waschlappen von ihren Augen, die hinter den gedunsenen Lidern funkelten, und entschied, was ich schon wusste: „Das kannst du nicht wegschmeißen!“ Stichelnd bemerkte ich, mit solchen Forderungen sitze sie im Glashaus. „Und du“, erwiderte sie einen Hauch gekränkt, „weißt nun, wie schwer das ist.“

Kris hatte ständig Albträume, sie versicherte, das sei immer so, an mir liege es nicht. Widerwillig antwortete sie, wenn ich sie nach den Träumen fragte. Träume, in denen sie wimmert, in denen ein Brüllen und Flehen erstickt, ihr die Luft knapp wird; Träume, in denen niemand sie versteht. Ich stelle mir vor, jeden Morgen mit solchen Träumen zu beginnen, zu wissen, dass etwas in mir wütet gegen mich. Dass es jeden Morgen nötig ist, sie abzuschütteln, es unbedingt nötig ist, zu vergessen. Dann ist das Bewahren schwer, wie Wlada sagt. Überhaupt ist es schwer, den Träumen ins Gesicht zu schauen, ob es gute oder schlechte sind, denn beide fragen, wie sie zur Gegenwart stehen. Schwer ist es, die gehässigen Dinger nicht zu zersetzen, mit einem legeren Schulterzucken.

Auch einer der letzten Einträge, den Kris in unserem Recherchebuch machte, als sie darin allein weiterschrieb, liegt noch lose und will sich nicht einordnen lassen. Diese späten Einträge sind vergleichsweise roh, ein bisschen größenwahnsinnig und viel zu düster, wenn sie Licht fordern. So etwas würde Kris nicht nach außen geben. Sie würde es schleifen und differenzierter machen. Würde zwar im Wesentlichen dasselbe sagen, sich aber gegen Angriffe mit einer sorgfältigen Wortwahl rüsten. Größenwahnsinnig behaupte wiederum ich, Kris und eigentlich die meisten zu durchschauen, und befürchte, dass Kris die Glut dieser Einträge austreten würde. Manchmal ist in ihr ein anderes Schreien. Manchmal ist in ihr ein Fest, von dem auch niemand weiß. Höchstens ein Reflex in ihren Augen erzählt dann davon, öfters ihre Enttäuschung über das Verrammelte in ihr. Dann schüttelt sie frustriert den Kopf und das Fest platzt ohnehin. Ich weiß nicht, ob man hier auf Veränderung hoffen kann oder sollte, ich weiß nur, dass ich muss.
Dass mir das Material zugespült wurde, und ich es nicht wegschmeißen werde.
Kris schrieb zuletzt in das Buch:

Zeuginnen

Eine Generaldirektorin bei ORWO in Bitterfeld, 1991:
„Alles andere hat keinen Zweck. Man muß sich irgendwie einen inneren Frieden schaffen und eine loyale Grundhaltung. [...] Ich bin [politisch] passiv, ich verfolge alles, lese alles, habe eine Meinung dazu für mich, bitte und aus." (Behnk/Westerwelle, S. 53)
Ich war nicht dabei, doch ich sehe, wie sie fortwischende Handbewegungen macht, den Kopf zackig schüttelt. Die Körpersprache einer zufallenden Tür.

Was ich überall suche, ist nicht irgendein Davor, sondern das Vor-der-Abstumpfung. Nischen der Geschichte, wo die Achseln nicht zucken. Wenigstens eine der Fotochemiearbeiterinnen bei ORWO soll, ja, sogar mitten in der Abwicklung, anders reden. Sonst ist alles hoffnungslos.

Aber die Chemiefacharbeiterin sagt:
„Ich war zufrieden [in der DDR], und das bin ich heute auch noch, muß ich sagen. Wahrscheinlich ist das keine Frage von Gesellschaftsordnung, sondern eine Frage jedes einzelnen." (S. 144)

Zeitlos zeitgeistig.
Die Ingenieurin der Automatisierungstechnik legt nach:
„Ich habe es ja gesehen, es lief weiter. Je nachdem, was jeder selber aus sich macht.“
(S. 136)

Damit ist das Wendekind aufgewachsen, das kennt es, das ist ja der Schuttberg, aus dem es mit schlechtem Atem ruft: Aber was wurde aus den anderen?
Per ABM auf den Boden der Tatsachen geholt? Unter Runde Tische gerutscht? Die Münder mit Deutschlandfahnen gestopft? Bananen, ach ja.

Renate Reitz Schiwek schreibt Anfang der 90er:
„Die Struktur ist wie ein Wasserhahn, der ewig auf dich herabtropft und dich mürbe macht. Und natürlich kann man der Versuchung erliegen, sich diesem eintönigen Rhythmus anzupassen. Ich sehe, dass sich in den Strukturen das Mittelmaß etabliert, eine eigene Schicht, die festhält an staatlicher Wirksamkeit, von der sie sich geschützt weiß, aber ich denke auch, dass das eine wirkliche Teilnahme am Leben verhindert und auf ein Zerriebenwerden zusteuert, als Kehrseite der garantierten Sicherheit. [...] Andererseits ist der Neid der Verwaltenden

offensichtlich, der Versuch, von hinten Macht in den freien Initiativen zu erlangen, bezeugt es, die Eifersucht auf die freie Tätigkeit, die nicht reich macht, aber doch eine gewisse reale Freiheit schenken kann."
Sie schließt diese Betrachtung hiermit: „Nein, wir müssen uns nicht beschweren über die Leute in den Strukturen oder sie um ihre Sicherheit beneiden. Das hätten wir haben können. Wir haben es nicht gewollt."
(in Kabus, S. 182)
Eine Aufmunterung, die gebraucht wird, womöglich aber schon nicht mehr haltbar ist: Im Schnitt geht ein Drittel eines Durchschnittslohnes in Deutschland für die Miete drauf – wer keinen Durchschnittslohn hat, geht wohin? Als ich aufwuchs und noch später, hatte es Zwischenräume gegeben, Leergewordenes, Ausbauhäuser, Nischen eben; Erwachsenwerden hieß zuschauen, wie sie verschwanden. Was das Erwachsenwerden im Kern verlangt, ist das Erreichen einer Skala zwischen Resignation davor, dass alles zur Ware wird, und Freude darüber. Ein Künstlerinnenleben ist eigentlich nicht mehr möglich.

Und wenn mal eine sagt, sie könnte heulen, wie die „Gruftsohle" in den Filmen von Andreas Voigt, die doch wirklich sagt, dass sie über die Wende heulen könnte, dann bleibt das so stehen wie ein Relikt, dann fragt der Voigt nicht nach, fragt einfach nicht nach. So ein Versäumnis, wo das doch heute niemand mehr weiß oder wissen will. Zehn Jahre später erst, in einem Folgefilm, fragt Voigt endlich: Warum hast du so empfunden? *Damals.* Und – Beweisführung schließt: Sie erinnert sich nicht.

Das ist nicht differenziert, es ist einseitig, pathetisch, weder rund noch dialektisch, sondern endlich wütend. Es ist nicht alles. Ein Ausschnitt. Ausdruck. Kräftig wie ein Schlag in den Sandsack. Ich sehe unsere Papiersammlung, in meiner Obhut, und je länger ich versuche, sie zu ordnen, desto bestimmter grätscht das Wort *Vollständigkeit* in mein Tun, und ich wirbele alles wieder durcheinander.
Was vollständig ist, geht nicht auf. Was ist schon ganz? Nur eine Behauptung, ein dumpfer Glaube, auf dem die Lügen wachsen. In Polen achte ich plötzlich auf mein Äußeres. In dem brandenburgischen Landkreis, wo wir derzeit leben, wählt mindestens ein Drittel extrem rechts; wenn es nach ihnen ginge, gäbe es keine Wunderkinder wie mich. Im Gymnasium verschaffte mir das Gerücht, ich habe etwas mit Drogen zu tun, Respekt, den ich als eine, die von der Mittelschule kam, gut brauchen konnte. Für die Schwestern Rupp war ich ein Fels. Auch sie suchten etwas, das ganz ist.
Zwischen den Papieren bleiben Lücken zwischen Fakten wie Häuserschluchten. Ein Sprung darüber ist nie ganz ohne Risiko.
Was Kris schreibt, bleibt mehrheitlich auch dort, auf dem Papier, und bis dahin ist der Weg schon steil; so gut wie nichts davon schafft es in persönliche Begegnungen. Da rumort es bloß in ihr, und ihr passiert, was sie in der Welt hasst: Ihre Tür fällt zu, wenn sie denn auch nur einen Spalt breit offen war. Denn Kris erwartet von sich gänzlich runde Worte, vollständiges Verstehen. Und was sie erträumt, soll sie vielleicht vervollständigen, ihre Löcher stopfen. So sind meine Träume nicht. Dennoch

möchte ich Kris in ihnen und im Hier und Jetzt hin und wieder an meiner Seite.

Über dem Dreieck in meinem Nacken falte ich die Hände und schaue nach Satelliten. Schön wäre es, auf diese Weise mit Franz Kontakt aufnehmen zu können. Wenigstens einander kleine Stromstöße zu senden. Aufforderungen. Du wirst mich nicht so einfach los. Doch Franz zuckt nicht. Es scheint, als hätte sie alles Fragen aus sich gesperrt und sagte damit sinngemäß: *Es ist, wie es sein soll.* Ich frage mich: Wer ist nun die Esoterikerin von uns beiden? Streitlust blitzt statt des Stromschlags in mir beim Berühren des Dreiecks, und ich fürchte um den sanften David, der abbekommt, was mir fehlt mit Franz. Aus dem Flur höre ich Herta, verächtlich aber auch müde: *Was wollt ihr bloß, seid doch froh, dass ihr gesund seid, und kümmert euch um Kinder.* Dann steht sie im Türrahmen zum Erkerzimmer, wischt sich eine Alge von der Stirn; nasser Sand klebt an ihrer Schürze. Wir müssen am Wasser gewesen sein, das Tier zog etwas heraus, legte es mir vor die Füße. Wir nahmen es umstandslos auf, Angst hatten wir damals nicht. An Herta vorbei drängt sich Marion in den Raum, sie erblickt die Papierbögen auf der Platte am Boden und schlägt die Hand vor den Mund. Ihre Finger sind vom Wasser ganz aufgequollen, sodass man deutlich sieht, wie zerbissen die Haut um die Nägel ist. Sie schluchzt: *Das ist doch – wie ein Museum. Wie eine Beerdigung. Hat sie etwa …?* Marion lässt sich auf den Boden plumpsen und weint. *Ach was*, sagt Herta mit ungeahnt wackeliger Stimme. *Es ist nichts, nur eine Unordnung.* Sie nimmt einen Besen aus der Ecke und geht auf das Archiv zu. Aufgehalten wird sie von Artur und Toni Haubold. Sie nehmen ihr den Besen ab, was Herta entrüstet, schon schreckt Artur vor ihr zurück, Toni hält immerhin ihren Blick, eine Erklärung weiß er auch nicht. Sie alle tropfen auf die alten Dielen, schniefen und atmen rasselnd. Marion weint noch immer, *Kristina, Kristina*, und auch Arturs Augen sind glasig. Wie an einer Schnur geht er hin und her: nah an das Archiv heran, liest einige Zeilen, dann schlagartig Richtung Tür, stopp, Atmung, und langsam zurück. Das Tier schnuppert an den Pfützen. Niemand sieht mich fragend an. Sie sind auf sich gestellt. Herta sagt, so nass würden sie sich alle den Tod holen. Man müsse sich aufwärmen. *Ich mache ein Feuer.* Entschlossen geht sie auf das Archiv zu, doch Toni hält sie noch einmal sanft am Arm zurück. *Warte, ich mach das schon. Ruh dich aus.* Er nimmt die Papierbögen, Hefte, Bilder, schichtet aus ihnen einen Stapel, wickelt eine Stoffbahn um alles, verschließt es mit einem groben Strick. Er überreicht Marion das Paket, die ist stumm geworden. Herta legt ihr unbeholfen eine Hand auf die Schulter. Dann nimmt Toni die Holzplatte vom Boden, und die andere, die mein Schreibtisch war, und triumphiert: Feuerholz! Nun wird auch Artur aktiv und hilft, die Platten zu spalten. Sie stellen sie schräg und treten sie klein. Ich weiß nicht, wie sie miteinander auskommen werden, und kann ab hier nicht mehr helfen. Sie müssen sich überraschen. So lasse ich sie im Erkerzimmer zurück, das Tier trage ich hinaus. Mein Herz schlägt wild, und nur die Sorge für das Tier lässt mich in diesem Moment weitergehen. Hinter meinem Rücken knistert es und wird warm. Am Ende des Flurs drehe ich mich noch einmal um, da sind sie fort, der Raum ist nur vom Mond beschienen und die Ordnung des Archivs einmal mehr verwirbelt. Fröhlich schleckt mir das Tier über die Wange.

Morgen reist Kris an, sie besucht uns dann und wann. Ich werde ihr einen Vorschlag machen. In recht zähen Diskussionen konnte ich im Plenum durchsetzen, einen der Bungalows zu einem Tonstudio umzubauen. Noch ist unsere Gruppe klein, auf größere Runden solcher Besprechungen stelle ich mich zähneknirschend ein. Gegen das Studio wurde vorgebracht, dass wir besser alle drei Bungalows als Einkommensoptionen, das heißt für Feriengäste, offenhalten sollten. Auch ein Tonstudio könne man ja vermieten, sagte ich – Inga sah mich herausfordernd an: „Hier in der Pampa? Na sicher." Zwei Bungalows, in denen jeweils bis zu vier Menschen unterkommen könnten, fand ich genug der notwendigen ökonomischen Seite und beharrte, ohne andere Seiten mache das Ganze für mich keinen Sinn. „So ein Studio aufzubauen kostet doch auch", sagte Inga, und ich: „Wir fangen klein an, es geht ja nicht darum, sofort etwas super Professionelles zu haben." „Wir können einiges selbst aus alten Teilen zusammenbauen", schwärmte David, und Inga schloss trocken: „Dann wird das aber mit dem Vermieten auch erst mal nichts." Fabrizios Erwägungen zur Stadtflucht wischte Inga überzeugend vom Tisch: „Die da *fliehen*, wollen selbst Pioniere sein und können sich eigene Studios leisten." David schlichtete – immerhin seien verschiedene Förderanträge für die öffentliche kulturelle Nutzung im Gang. Sein Wort hat in dieser Gruppe ein

sonderbares Gewicht – es wiegt schwer und fühlt sich für niemanden so an.
Kürzlich sagte ich zu David, er sei hier so etwas wie ein friedliches trojanisches Pferd, er lachte laut und verstand. Denn David ist bei vielen im Dorf beliebt; vermutlich wendet sich ihnen selten jemand so zu. Selten fühlt sich die 71-jährige Frau Schuster verleitet, Sätze zu nutzen, die sie nicht schon tausendfach gesagt hat – oder überrumpelt von einem unverstellten Interesse.
So geht es vielen mit David. Nur wissen wir, gerade diese Zugewandtheit macht Herrn Kraußе am Stammtisch argwöhnisch. Wir merken außerdem, dass häufig auch dann nur mit David gesprochen wird, wenn ich daneben stehe. Sowieso wissen wir, von welchen Parteien viele Menschen hier sich vertreten fühlen, und ihre Kinder. Getreten, vertreten, treten ... Wir spüren, dass die Bedingungen, unter denen wir hin und wieder nette Unterhaltungen haben können, oft eng gesteckt sind. Wobei David das von Zeit zu Zeit vergisst. Diese Möglichkeit ist mir nicht gegeben.
Skeptischer noch ist nur Kris. Plötzlich merke ich, dass ich mich auf sie freue – ein Wunder ist das, so klein, fast hätte ich es übersehen. Ich möchte, dass Kris mir hilft beim Bau des Studios und irgendwann auch hier arbeiten kann, ihre Stücke einsprechen, vielleicht sogar singen, senden von hier, hier mit mir. Ich wünsche mir, dass sie morgen kommt, dass sie lächelt und ja sagt zu diesem Versuch. Dass er nicht alles bedeuten muss – oder nichts. Dass sie sieht, es ist etwas Machbares, und doch nicht klein. Ein Ort für das Fest in uns.
Ich habe mich wirklich etwas unterkühlt und frage David

im Dunkeln, ob ich mich zu ihm ins Bett legen darf. Er nuschelt Zustimmung. „Aber nur, wenn du frische Socken anhast." Dann liegen wir unter zwei Decken. Zwischen uns schmiegt sich das Tier. „Es schnarcht immer so", sagt David. Ich finde, so ist es gut, denn so wissen wir immer, dass es noch da ist.

Ana,
es war lange still. Oder ich. Das ist nicht gut gelaufen. Der Laden übrigens auch nicht, ich gebe ihn auf. Und komme zurück. Wo finde ich dich?
F.

Material

Forschung & Literatur

Adrienne Rich: *Von Frauen geboren. Mutterschaft als Erfahrung und Institution.* Übers. aus dem Amerikanischen von Gesine Stempel & Meo H.-Rentzel. Frauenoffensive, 1979.

Angéla Kóczé: „Die Roma-Bürgerrechtsbewegung in Ungarn." In: RomArchive, romarchive.eu [online].
&
„Die Grundbausteine der Roma-Frauenbewegung in Europa." In: RomArchive, romarchive.eu [online].

Angelika Behnk, Ruth Westerwelle: *Die Frauen von Orwo. 13 Lebensbilder.* Kiepenheuer, 1995.

Anna Mudry (Hg.): *Gute Nacht, du Schöne. Autorinnen blicken zurück.* Luchterhand, 1991 darin:

Annett Gröschner, Maja Wiens: „Eine Kiste voll Souvenirs." S. 86–115.

Brigitte Burmeister, Gerti Tetzner: „Keine Macht, aber Spielraum." S. 30–59.

Anne Schröter: *Lebensentwürfe junger ostdeutscher Frauen. Eine qualitative Betrachtung der Bedeutung der Erwerbstätigkeit.* Diplomica, 2011.

Annegret Schüle: *Die Spinne. Die Erfahrungsgeschichte weiblicher Industriearbeit im VEB Leipziger Baumwollspinnerei.* Leipziger Universitäts-Verlag, 2001.

Annett Gröschner: *Die Frau vorm Rathaus.* Heinrich-Böll-Stiftung, boell.de, 2015 [online].

Annette Harth: *Frauen im Osten – Wohnen nach der Wende. Eine empirische Untersuchung der Wohnweise ostdeutscher Frauen in der ersten Transformationsphase*. Lang, 2006.

Barbara Ketelhut: „Familienbeziehungen und die Einheit der Familie.“ In: Frigga Haug, Kornelia Hauser (Hrsg.): *Subjekt Frau. Kritische Psychologie der Frauen*, Bd. 1. Argument, 1988. S. 99–122.

Bini Adamczak: *Beziehungsweise Revolution. 1917, 1968 und kommende*. Suhrkamp, 2017.

Daniel Logemann: *Das polnische Fenster. Deutsch-polnische Kontakte im staatssozialistischen Alltag Leipzigs 1972–1989*. De Gruyter, 2012.

Dominik Intelmann: „Sieben Thesen zur urbanen Krise von Chemnitz. Bemerkungen zu den Ereignissen seit dem 26. August 2018.“ In: sub/urban, Heft 1&2/2019, S. 189–202.
&
„Das Chemnitzer Fritz-Heckert-Gebiet als Unterschlupf für den NSU.“ In: ASA-FF e.V. (Hrsg.): *Dokumentation: War da was? Bleibt da was? Wird da was? Aufarbeitung fünf Jahre nach der Aufdeckung des NSU.* 2016. S. 27–30.

Elsa Fernandez: *Fragmente über das Überleben. Romani Geschichte und Gadje-Rassismus.* Unrast, 2020.

Erica Fischer, Petra Lux: *Ohne uns ist kein Staat zu machen. DDR-Frauen nach der Wende.* KiWi, 1990.

Eva Schäfer et al. (Hg.): *Frauenaufbruch ’89: Was wir wollen – Was wir wurden.* Rosa-Luxemburg-Stiftung, Dietz, 2001.

Hajo Funke, Lars Rennsmann: „Rechtsextremismus neuen Typs – ein West-Ost-Produkt.“ In: Sabine Andresen et al. (Hrsg.): *Vereintes Deutschland – geteilte Jugend.*
Ein politisches Handbuch. Leske + Budrich 2003. S. 213–229.

Irene Dölling (Hrsg.): *Unsere Haut – Tagebücher von Frauen aus dem Herbst 1990.* Dietz, 1992.

Irina Nekrasov/a: *Migrantischer Widerstand – Arbeiter*innenkämpfe im geteilten Deutschland.* [Bachelorarbeit] 2018. [Privat zur Verfügung gestellt.]

Irmtraud Morgner: *Die Abenteuer der Trobadora Beatriz nach Zeugnissen ihrer Spielfrau Laura.* Roman in 13 Büchern und 7 Intermezzos. Aufbau, 1974.
&
Die Hexe im Landhaus. Gespräch in Solothurn. Rauhreif, 1984.

Jessica Bock: *Frauenbewegung in Ostdeutschland. Aufbruch, Revolte und Transformation in Leipzig 1980–2000.* Mitteldeutscher Verlag, 2020.

Jonathan R. Zatlin: „‚Polnische Wirtschaft' – ‚deutsche Ordnung'? Zum Umgang mit Polen in der DDR." In: Christian Th. Müller, Patrice G. Poutrus (Hrsg.): *Ankunft – Alltag – Ausreise. Migration und interkulturelle Begegnung in der DDR-Gesellschaft.* Böhlau, 2015. S. 295–315.

Judith Braband: „Feministin oder was?“ In: telegraph #135/136 Sondernummer Herbst ’89, 2019/2020. S. 30–44.

Justin Spike: „Independent Roma organizations protest eviction from Budapest District 8 offices“ In: The Budapest Beacon, budapestbeacon.com, 2016 [online].

Károly Bari: *Vom Gellen der Geigen oder: und Weiber schmuggeln Fellhaare krepierter Katzen ins Brot ihrer Feinde: sie zu verderben. Gedichte und Bilder.* Aus dem Ungarischen von Paul Kárpáti. Oberbaum, 1997.

Lila Offensive: *Frauen in die Offensive. Texte und Arbeitspapiere der Gruppe „Lila Offensive“.* Dietz, 1990.

Lydia Lierke, Massimo Perinelli (Hrsg.): *Erinnern Stören. Der Mauerfall aus migrantischer und jüdischer Perspektive.* Verbrecher, 2020, darin v.a.:

Patrice Poutrus: „Fremd im Bruderland: Vertragsarbeit und das Ende des Goldbroilers.“ S. 277–298.

Paulino Miguel: „Paulinos Tagebuch: Ein mosambikanischer Vertragsarbeiter erinnert sich.“ S. 299–319.

Maxie Wander: *Guten Morgen, du Schöne. Protokolle nach Tonband.* Der Morgen, 1977.

Mirjam Schulz: „Migrationspolitik der DDR. Bilaterale Anwerbungsverträge von Vertragsarbeitnehmern.“ In: Kim Christian Priemel (Hrsg.): *Transit – Transfer. Politik und Praxis der Einwanderung in der DDR 1945–1990.* B.ebra, 2011. S. 143–168.

Nadine Teuber: *Das Geschlecht der Depression. „Weiblichkeit“ und „Männlichkeit“ in der Konzeptualisierung depressiver Störungen.* Transcript, 2011.

Peggy Piesche (Hrsg.): *Labor ’89. Intersektionale Bewegungsgeschichte*n aus Ost und West.* Yilmaz-Günay, 2019,
darin:
Angelika Nguyen, S. 11–29;
Samirah Kenawi, S. 31–49.

Samuel Goff: „In Budapest’s offbeat 8th district, gentrification and political pressure go hand in hand.“ In: Calvert Journal, calvertjournal.com [online].

Sylvia Kabus: *Neunzehnhundertneunundachtzig. Psychogramme einer deutschen Stadt.* Sax-Verlag, 2009.

Tanja Bürgel: „Gibt es eine vom ostdeutschen Umbruch geformte Generation?“ In: Annegret Schüle, Thomas Ahbe, Rainer Gries (Hg.): *Die DDR aus generationengeschichtlicher Perspektive.* Leipziger Universitätsverlag, 2006. S. 455–473.
&
„Ostdeutsche Generationen als Einwanderer in der Bundesrepublik und die Perspektiven der Wendekinder als Generation.“ In: Heinrich Best, Everhard Holtmann (Hrsg.): *Aufbruch der entsicherten Gesellschaft. Deutschland nach der Wiedervereinigung.* Campus, 2012. S. 172–187.

Uta Meier: „Der tiefgreifende Strukturwandel von Familie und Kindheit, oder: Warum die Analyse von Geschlechterverhältnissen ins Zentrum der Jugendarbeit gehört.“ In: Sabine Andresen et al. (Hrsg.): *Vereintes Deutschland – geteilte Jugend. Ein politisches Handbuch.* Leske + Budrich 2003. S. 362–374.

Bild & Ton

Andreas Voigt: *Leipzig-Filme.* 1986–2015.

Angelika Nguyen: *Bruderland ist abgebrannt.* Film, 1991.

Klára Trencsényi: *Corvin Variations.* Film, 2011.

Norbert Oláh: *A cigány művész szorongása.* Roma Parlament. Installation zur OFF-Biennále Budapest, 2021. [online: https://balkon.art/home/online-2021/olah-norbert-a-cigany-muvesz-szorongasa-off-biennale-budapest/]

The Raincoats: „Only Loved at Night“. Lied, LP *Odyshape*, 1981.
& „Overheard“. Lied, LP *Moving*, 1984.

ROMANISTAN. Lajos Nádorfi / Daróczi Ágnes / Budapest, 1972. Mitschnitt: Ágnes Daróczi performt Gedicht von Karóly Bári bei Ki mit tud. Video, 2013. [Bereitgestellt von Romanistan Berlin, YouTube.]

Sanem Kleff im Interview, Teil der Ausstellung *Anderen wurde es schwindelig, 1998/90: Schwarz, Jüdisch, Migrantisch.* Video, 2020. [Bereitgestellt von Bildungsstätte Anne Frank, YouTube.]

Schleim-Keim: „In der Kneipe zur trockenen Kehle“. Lied, Kassette *The Demo 91*, 1991.

She She Pop: *Schubladen*. Hörspiel, 2013.

Silly: „Schlohweißer Tag“. Lied, LP *Bataillon d’Amour*, 1986.

Mein Dank gilt

Olivia Golde für das erste Gegenlesen des Textes, für Begleitung, Geduld, Ermutigung und Wärme über räumliche Distanzen hinweg.

Anne Hofmann für die Gestaltung des Buches und ihren siebten Sinn für das Verhältnis von Inhalt, Form und Gesellschaft, der mich inspiriert.

Marcel Raabe für seine Begeisterung und Unterstützung.

Constanze Stutz für ihre klugen Gedanken zu dem Text und Gespräche, die nachhallen.

D., A. und Robin, die dem Radiostück *Nischen* ihre Erfahrungen, Gedanken und Stimmen liehen.

Anna Kow für ihren genauen Blick im Korrektorat und immer.

Der Textbesprechungsgruppe: Katharina Bendixen, Simon Kalus, Ricarda Kiel, Koschka Linkerhand, Linn Penelope Rieger, Andra Schwarz, Sibylla Vričić Hausmann.

Den Zusammenhängen, die Sinn stiften, allen voran: dem PS-Kollektiv – Caca Savić, Eva Schörkhuber, Kaśka Bryla, Olivia Golde, Yael Inokai sowie Irina Nekrasov/a und Jiaspa Fenzl. Wir schonen uns nicht.

Dem Leseklub in der MONAliesA und Alexandra Ivanova für die Initiative dazu.

Dem Kollektiv der drift-Buchhandlung.

Anika, Lela, Ines, Karin, Tina und allen oben Genannten für unsere Freundschaft.

Annett Gröschner für die Erlaubnis zur Verwendung der längeren Passage aus ihrem Beitrag zu *Gute Nacht, du Schöne.*

Der Prosawerkstatt des lcb 2018
und dem Kulturamt Leipzig für ein Arbeitsstipendium.

Dem Tier Kisa, das mich morgens weckte und abends tröstete.

Allen, die nicht in sich ruhen dürfen,
die neben sich stehen
und um die Kraft und den Preis des Trotzdem wissen.
Ich hoffe, mein Text spricht mit euch.